叛逆の十七文字

魂の一行詩

角川春樹

思潮社

叛逆の十七文字——魂の一行詩

角川春樹

思潮社

目次

Ⅱ　エッセイ

装幀＝丸亀敏邦／大護皓夫

叛逆の十七文字——魂の一行詩

宣言

私はながく俳句を詠んできた。また、多くの句集、俳論を著してきた。現在、私は父・源義が昭和三十三年に創刊した俳誌「河」を先年亡き母から引き継ぎ、その「主宰」をしている。

そして私は今、新たに次なるこの運動を提唱し、展開することを決意した。

――「魂の一行詩」――である。

魂の一行詩とは、日本文化の根源にある、「いのち」と「たましひ」を詠う現代抒情詩のことである。古来から山川草木、人間も含めあらゆる自然の中に見出してきた〝魂〟というものを詠うことである。

一行詩の根本は、文字どおり一行の詩でなければならない。

俳句にとって季語が最重要な課題であるが、季語に甘えた、あるいはもたれかかった作品は詩ではない。芭蕉にも蛇笏にも季語のない一行詩は存在するのだ。私にも季語のない一行詩がある。

老人がヴァイオリンを弾く橋の上　『海鼠の日』

泣きながら大和の兵が立つてゐる　『JAPAN』

ただ、詩といっても五七五の定型に変わりはない。五七五で充分に小説や映画に劣らない世界が詠めるからである。

また、秀れた俳句は秀れた一行詩でもある。

したがって、俳句を否定しているわけではない。本意は「俳句的俳句」、「物」に託す「もの説」、事柄に託す「こと説」、あるいは技術論ばかりの小さな「盆栽俳句」にまみれている俳壇と訣別することだからである。

今、私は「俳句」という子規以来の言葉の呪縛から解き放たれ、独立した。私の美意識は俳句よりも「魂の一行詩」を選択したのだ。

俳句は「いのち」も「魂」もつぎ込む価値のある器。自らの生き方、生きざまを描くものである。つまり魂に訴えていくものなのである。訴える力さえあるならば、また、心と魂(頭ではなく)で詠めば、定型という枠を自ら破壊するエネルギーをもった一行詩が生まれるであろう。

〝魂の一行詩〟という名称を提唱するのも、俳壇外のより多くの人にアピールするためである。詩眼を持つ若い世代にも門を開きたいと思う。

この運動は短詩型の「異種格闘技戦」であるから、詩、短歌、俳句、川柳、それぞれの出身のかたがたにも是非、「魂の一行詩」のステージに上がられることを望む。
この運動は文学運動である。
自分の人生を詩そのものとして生きる私の魂を賭けた運動である。
百年前の正岡子規以来の俳句革新運動である——そのことをここで宣言する。

亀鳴くやのつぴきならぬ一行詩　角川春樹

I

1　まぶしいぜ

みんみんの鳴くや俺はここにゐる　　石田美保子

同時作に、

　蟬しぐれ止み一せいにあすは骸《むくろ》

　帰省子の祭のうらを戻りける

がある。今年の夏、月の半分はモンゴルに私はいた。特に、八〇〇年前の、チンギス・ハンがモンゴルの大ハーンとなる即位式を再現するために、ウランバートル郊外のそれも即位の山という連山の麓で、二七〇〇〇人のエキストラを動員しての撮影を三日間にわたって行《おこな》った。その時の監督は私である。私はそのシーンの撮影中、何度も既視感《デジャビュー》におそわれた。私は、確かにここにいた！

　草原の夜空を見上げると、夥《おびただ》しい星が流れ落ちてゆく。私は初の自伝『わが闘争』の中で、二年五ヵ月前の獄中体験で、自分がこの星（地球）に遊ぶために生まれて来ただけだと自得した、と書いた。二〇〇三年の正月三日間の瞑想がもたらした認識である。旧ソ連の科学者オパーリンは、流星が地球に衝突し、その結果、地球の海に生命が誕生した、という学説を発表した。獄中三日間の驚くべき瞑想の結果を、私は今でも信じている。草原の流星を見ながら、私は次の一句を得た。未発表作品である。

流星や俺がここにゐる不思議

ことは地球であり、モンゴルの草原である。宇宙の渦から私は誕生し、死後は再び宇宙のカオスに戻ってゆく。この思考を確信したのは一九九二年、コロンブス追体験の、サンタマリア号の冒険を通してである。

石田美保子の「みんみん」の句は、私にとって二度目のデジャビューであった。つまり、彼女の作品を読んで、私が既に作ったような錯覚が生れたからである。勿論、私の過去の作品にはない。彼女の感性がもたらした一行詩である。人間は絶えず、おのれがどこから生まれ、どこに還ってゆくのかという思考にとらわれ続けてきた。哲学と宗教をも含む、自然科学の分野においてである。自分の存在と位置を求めてである。私は二〇〇四年の八月九日に母・照子を失った。その日の昼は、蟬時雨が辺りを圧していた。美保子の作品は、その時の私自身であった。「俺はここにゐる」という字たらずも、この切迫感の表現として納得できる。「河」八月号の大森健司の代表作である次の句を参照していただきたい。

炎天やあるべきものがそこにある

美保子の作品も、健司の一句と同様の根源俳句である。秀吟。

はつ秋や男の修羅も夜に入る　大森健司

「父と修羅」と題する同時作に、

父の脈われにも通ひ夕涼み

「河」七月号の、

父なくて子といふ玩具梅雨に入る

の作品抄批評で、この「父」は私のことではないかと書いた。その後、健司から次の手紙が送られてきた。


今、体調が思わしくなく、仕事も辞め、一旦京都に戻っています。

今月の選評に書いて頂いた通り、「父」は春樹先生への思いです。

今、僕が詠いあげる父は生みの父でも祖父でもなく、春樹先生への思いです。

僕は春樹先生に出逢うことができ、東京に出ることができました。僕を常に動かすのは、春樹先生の存在そのものです。

春樹先生を、いつまでも心の父と思って生きます。生きている中で心の父がいること。それが何より幸せです。


「河」八月号の青柿山房だよりに、詩人で小説家である辻井喬さんが、私の一行詩集『角川家の戦後』の批評として、修羅の存在を指摘した。とすれば、「はつ秋」の「男の修羅」は、私を詠ったものと解釈してよい。初秋になって男も男に棲む修羅も、夜の帳《とばり》に溶け、やがて静かに眠りにつく、との句意である。修羅にならざるを得なかった漢への共感と慈愛に満ちた一行詩。

鯨より鯨の生まるまぶしいぜ　長谷川眞理子

一九九一年七月十三日、バルセロナを出航したサンタマリア号は、コロンブスの航路どおりに大西洋を真西に向った。途中、何千頭というイルカの大群に遭遇し、集団の交尾を観察した。海上はイルカの精子で一面に白濁したものだ。大自然の壮大なドラマに私は深く感動した。九二年十月二十七日発行の私の句集『月の船』に、その時の感動を記している。

秋暑し海豚《いるか》の恋に驚けば

私の場合はイルカであったが、鯨の交尾を目撃したならば、それは「驚き」ではなく、「まぶしい」という表現になろう。眞理子の句は実ではない。しかし、虚の大きさは実を遥かに凌ぐ。この句を観念と指摘する俗物俳人は、魂の作物を生涯得ることができないであろう。下五の「まぶしいぜ」の表現が実に鮮やか。

同時作に、

灼けてゐる控へ選手のユニホーム　川崎陽子

梅雨長しだんだん溶けてゆく私

があり、題も「溶けてゆく私」。勿論、この句も良いが、「灼けてゐる」の句のほうが断然新鮮である。「灼く」という季語で、このような発想を持った俳句は前例がない。例句としては、

ただ灼けて玄奘の道つづきけり　松崎鉄之介

控え選手とあっては、球拾い、草むしりなどの雑用が多いが、スタープレーヤーを支える大事な一員だ。その彼のユニホームは真夏の日射しで、すっかり色褪せている、という句意。なんとも清々しく、健康的な一行詩。

羅《うすもの》を水のごとくに纏《まと》ひけり　鈴木たか子

例句としては、

羅や人悲しますす恋をして　鈴木真砂女
羅をゆるやかに着て崩れざる　松本たかし
うすものを着て雲のゆくたのしさよ　細見綾子
羅の人美しき色のこし　星野立子

どの句も美しい作品。鈴木たか子の句も、これらの例句と比べても、少しも遜色《そんしょく》がない。羅を着ているのが、作者なのか、別人なのかも、さらに男性なのか、女性なのかも解らないが、読者の想像を存分に楽しませる一行詩。中七下五の、「水のごとくに纏ひけり」の表現

が、なんとも清々しく美しい措辞《そじ》。

耳裏にきて秋風と思ふかな　林佑子

「みんみんの羽化」という題で、同時作に、

万策の尽き栗の木に栗の花

月揚げてみんみんの羽化はじまれり

があり、特に「みんみんの羽化」は美しい一句。しかし、「秋風」の句は、繊細にして感覚的な一行詩。古今集以来、日本人は秋風の音、色、清しさを繊細に詠い続けてきたが、林佑子も伝統的な季語を、日常の中のささやかな感動を通して生かして、見事に一行詩に成立させた。佳吟。

みな同じ沖を見てゐる夏座敷　本宮哲郎

作者は新潟で農業を営む風土作家である。中七下五の「みな同じ沖を見てゐる」のは、当然ながら日本海。平明ながら、内容の深い、心に響く作品。同時作の次の句も良い。

灯を消して寝につく喜雨の音のなか

二句とも、作者の生活と風貌が浮かび上がってくる佳吟。

夜の妻蛇を殺《あや》めしことを告ぐ　石工冬青

作者は富山在住の「河」の古い同人。句意は明瞭だが上五の「夜の妻」が良い。妻が夜になって、日中に蛇を殺したことを告白したまでだが、単なる「俳句こと説」の報告ではなく、詩の世界を日常の中に発見した手柄。

梅酒漬け一族の血のはるかなり　　松下千代

同時作に、

この町のどこかで朽ちし酔芙蓉

干し物のすぐに乾いて終戦日

水飴を濁るまで溶き夏の果

があり、どの句も作者自身に添い、季語が無理なく一句の要となっている。「梅酒」の句は、七月の「しゃん句会」[*1]の投句で、私が特選に取った。梅酒は、私の家でも母が漬けていて、私が出所した年の、六月の「河」運営委員会で出席者全員に母から配られた。今も、私のマンションの冷蔵庫には梅酒の小瓶がある。亡くなった父も母の漬ける梅酒を嗜《たしな》んでいた。千代の「梅酒」の句は、嫌でもそのことを思い出させ、胸が熱くなる。中七下五の「一族の血のはるかなり」が素晴らしい。特に、「はるかなり」の措辞が適確で切ない。

母あらず母の梅酒の古りにけり　　角川春樹

水馬この世の先へ走りけり　　斎藤一骨

同時作の、

噴水の日暮や己れ坐らする

があり、この句も良いが「この世の先」と題した「水馬」の句に、思わず目が止った。手強い象徴詩を「河」に出句して私を悩ませる老詩人にしては、ストレートな句。

例句としては、

水馬にも子がありて子の遊び　山口誓子
水すまし水に跳ねて水鉄の如し　村上鬼城
松風にはらはらととぶ水馬　高浜虚子
水すまし平らに飽きて跳びにけり　岡本眸

水馬は水面を細い六本の脚で滑るように泳ぐ。しかし、走ったりは勿論しない。秋山巳之流の次の句が参考となろう。

虚子の忌の鰆《さわら》走りとなりにけり

巳之流の句も、鰆は「この世の先を走」っているのだ。鰆は秋山巳之流自身であるように、「水馬」は作者本人である。秋山巳之流は癌患者。「放下《ほうげ》」の世界に遊ぶ作者は、句作りに残り少ない人生を楽しんでいると言ってよい。この世からあの世にいつ走ったとしても、作者のこころを悩ませることはない。今回の句も、斎藤一骨さんの「遊び」が生みだした「放下」の一行詩なのである。

ころあひをみて惚《ほう》けだす生《いき》身《み》魂《たま》　原与志樹

「生身魂」とは、盆の七月八日から十三日までの間に、生きている目上の者に対して礼を尽くす夏の行事。生盆《いきぼん》ともいう。死者に対する供養ではなく、生きている御霊に対して行うものである。昨年の「河」九月号に福島勲同人会長が次の句を発表している。

棲む星の蒼《そう》茫《ぼう》として生身魂

勲作品は、永遠の今を言い止めた秀吟だが、例句としては、したたかな老人に対するユーモア句が多い。与志樹作品も同様である。

生身魂とは人ごとでなかりしよ　能村登四郎

生身魂しらばつくれておはしけり　黛執

海人《あま》の家ふどしひとつの生身魂　角川春樹

「勝手聾《かってつんぼ》」という言葉があるが、年寄りが都合の悪い時は聞こえないふりをする、というやつだ。与志樹作品の生身魂は、都合によって惚《ぼ》けたふりをする、という手に負えない年寄り。亡くなった小説家の山田風太郎は私の俳句のファンであったが、本人は、「ボクは本気で惚けている」と言っていたが、極めて話に含蓄《がんちく》があり、多くの読者を持っていた。与志樹作品は、例句の黛執よりも面白く、含蓄がある。

八月の空へ無数の手が伸びる　堀本裕樹

同時作の他の四句も、全て私は特選に取った。

　立原忌木刀で風斬りにけり
　サングラスはづして赤い予感かな
　青葉木菟《あおばずく》黒衣の人の過ぎゆけり
　ゆふかぜに柚子の葉鳴りて照子の忌

「八月の空」「立原忌」は東京中央支部[*2]で、「サングラス」「青葉木菟」「照子の忌」は「はいとり紙句会」[*1]での特選句。当月集[*3]も半獣神[*3]も河作品の順位も、特選句を三点、秀逸句を二点、佳作を一点と計算しての合計点で並べられている。私が河作品抄批評を始めて、総合点数十五点を取ったのは、堀本裕樹が初めてである。

「立原忌」は小説家立原正秋の忌日。堂々たる立原正秋の肖像画が写し出されている。「黒衣の人」とは歌人であり民俗学・国文学の泰斗《たいと》である折口信夫（釈迢空）のことを、北原白秋が名づけたことによる。一行詩人であることを投句用紙の職業欄に銘記しているのは、堀本裕樹と鎌田俊である。

勿論、私は読売新聞と産経新聞にも一行詩人として原稿を書いている。若くして、堀本裕樹も鎌田俊もプロとして自立しているのだ。このためには、他の俳句を読むばかりでなく、詩も短歌も小説も読み込まなければならない。

「八月の空」は、勿論、原爆忌や敗戦忌を指している。兵士ばかりでなく、アメリカ軍の無差別攻撃で亡くなった無数の民間人が救いを求めて手を伸ばしているのだ。直接、原爆や敗戦を詠まずに、八月の空と表現したことも、俳句という器を大きくしている。つまり、句柄が大きいということだ。秀吟。

冷蔵庫の中にあたらしき夜が来る　鎌田俊

「冷蔵庫」は、七月の「しゃん句会」での特選句。冷蔵庫の中は、昼も夜もないが、秋になって新しい夜を迎えている、との句意。勿論、秋とは限らず、昨日に対して、あるいはもう少し長い時間を想定しても構わない。中七下五の「あたらしき夜が来る」が、句の眼目で、この表現が実に新鮮。「河」の半獣神でも、まだ「俳句こと説」である単なる報告でしかない作品や盆栽俳句に終始している人達も見受けられるが、俳句的な手垢の着いた言葉は見苦しいだけである。

甘いガム噛んで終戦記念の日　福原悠貴

同時作に、

昴忌や夜明けの水を飲み干して

がある。二句とも「はいとり紙句会」の兼題で私が特選に取った。特に、「終戦記念の日」が良い。私が敗戦を迎えたのは三歳の時である。その日は、雲一つない群青の空であった。もはや、空襲警報も砲撃の音もなく、生母・富美子と家の近くを歩いたものだ。その後、間もなくアメリカの進駐軍が押し寄せて来た。進駐軍は白人も黒人も子供達に気前よくチョコレートやキャンディ、ガムなどを分け与えた。三歳の幼児であった私も例外ではない。アメリカ軍の若い兵士達は、のべつ幕無しにガムを噛んでいた。米兵が噛むガムは、貰って噛んでみると、実に甘かった。私が米兵から菓子を貰っている姿を、父は苦い顔をして眺めていた。その時の父の顔を、いまありありと思い出す。父の苦い顔は、結局、角川書店の設立に繋がってゆく。角川文庫発刊の父の文章を読めば、その事が今よく理解できる。甘いガムに対する父の苦い顔が、朗々たる口調となって表れている。今月の河作品[*3]を眺めていても、実に多くの終戦日、原爆忌の投句作品があったが、福原悠貴作品以上の句には出会わなかった。私に敗戦直後の光景を思い出させ、現在に繋がる甘いガムほど心を打った作品はない。

いきいきと飢ゑてゐるなり終戦日　　松下由美

七月の「しゃん句会」で、多くの人が特選に取った句。

同時作に、

不確かなわたくしのゐる終戦日

満月の木椅子に父のありにけり

夏休みＣＭばかりの日が暮るる

があり、特に「夏休み」が良い。福原悠貴の句と同様に、敗戦直後の日本をありありと思い出させる。街中には浮浪児が溢れ、バラック建ての闇市が日本国中に開かれていた。日本人の多くが飢えていたが、同時に奇妙な活気に溢れていた。由美の作品は、その頃を彷彿《ほうふつ》させるが、しかし、この句は由美自身の、その日の心象風景なのだ。代々が花町の芸妓であった母に死なれての、初盆を京都で迎えた作者のこころの色なのだ。それが、「不確かなわたくし」であり、「木椅子の父」であり、「CMばかり」がテレビから流れる、生家である置屋の、現実の風景なのだ。母が不在となった心の飢えを感じながらも、作者は一方で、いきいきとしている。上五中七の相矛盾する表現が「終戦日」という季語にダイレクトに繫がっていく佳吟。

銀漢に夜明けのこゑの亙《わた》るなり　若宮和代

同時作に、

伏せ置きしページは昨夜《よべ》の夏のいろ

があり、両句とも「しゃん句会」で私が特選に取った作品。煌々とした天の川が、夜明けと共に白んで来る淋しさ、ないしは空しさを詠った句だが、それを「こゑの亙《わた》るなり」と、時間が声を発しているがごとく表現したのは見事。和代は目に視えないもの、聞くことができないもの、つまり視聴覚として捉《とら》えることができないものを視ようとし、聴こうとしている。それは詩人として、絶対的な資質なのだ。かつて詩人に視えたもの、聴こえたものが、現在、視る力も聴く能力も喪失してしまった。それは詩人として失格なのだ。母・照子には多くの夫《つま》恋いの詩《うた》がある。森澄雄さんにも多くの妻恋いの詩《うた》がある。森澄雄さんは、亡くなったアキ子夫人の声も体温も重さもありありと感じているのだ。同様に、母・照子は私の父である源義の「こゑ」を確かに聴いていたのである。勿論、私は霊の声も、神仏の声も宇宙生命の声も、はっきりと聴くことができるし、啓示としても与えられてきた。このことは、和代が「夜明けのこゑ」を聴いたのではなく、「夜明けのこゑが亙る」のを感じたということだ。大事な詩人としての資質を、和代は紛れもなく持っていると私は言いたいのだ。本年度河新人賞受賞作家の佳吟である。

昴忌の花も浮かせて茗荷《みようが》汁　　青木まさ子

「河」の投句には、夥《おびただ》しい昴忌の作品があったが、その中で一番感銘し、東京中央支部の句会で特選に取った一行詩。〇六年九月刊行の私の第二詩集『朝日のあたる家』には、次の一句がある。

母ことに淋しき日なり茗荷汁

母が作る茗荷汁は、故郷の富山の味噌を使っていることもあるが、私も父も好きだった。茗荷は買って来たものか、母自身が育てたものか、今では解らないが、茄子、胡瓜、トマトはおろか米まで育てていた人だったから、もしかすると、茗荷も自家栽培だったかもしれない。そう考えると、中七の「花も浮かせて」がより一層に適切な表現となるし、仮に母が自家栽培を行なっていないとしても、中七が句の眼目であることに変わりはない。昴忌の作品としては、昨年の「河」十月号の次の作品に匹敵する。

きしきしと茄子《なす》洗ひをり照子の忌　　新地玲

茄子《なす》の馬夕暮はもう誰も来ぬ　田中風木

「茄子の馬」とは、精霊が盆に往来するための茄子で作った乗り物。田中風木の作品は、亡くなった死者達も、訪ねて来る人も、夕暮になると誰も来なくなった、という寂寥感を詠った。中七下五の「夕暮はもう誰も来ぬ」の措辞が素晴らしい。佳吟。

どくだみに触れながらゆく母の過去　神戸恵子

私は神戸恵子という作家が、修羅も隠《おに》も飼っていると評してきた。「どくだみ」は家の便所付近など、暗い所に生えてくる。私は子供のころ、おできができると、どくだみを患部に貼られた。臭気がきつく、あまり好きではなかった。その「どくだみ」に触れながらゆく母の過去とは何だろう。かつて、作者の母が「どくだみ」を摘んでいる姿を、恵子が子供の頃から忌み嫌っていた、ということか。作者である恵子自身も「どくだみ」を嫌っていたはずだ。私の獄中句集『海鼠の日』には、次の一句がある。

十薬の花誰からも愛されず

私は恵子の心の中に修羅がいる、といった。作品は勿論、作者個人から離れて詠まれてさしつかえがない。私の句集と一行詩集に登場する「妻」という存在は、架空である。だから神戸恵子の「母」も、「過去」も虚であっても良い。だが、修羅の存在が詩作品の評価の基準の一つであるならば、「どくだみ」の句は、「どくだみ」も、「どくだみに触れながらゆく母」

も、「母の過去」も、恵子は忌み嫌っているということだ。しかし、それ以上に、作者の心の中にも、過去にも、その嫌っている存在が現前として「居る」ということを、恵子が象徴詩として表現した、としか私には考えられない。ゆえに、作者の中に修羅が「居る」と言っているのだ。象徴詩として佳吟。

父の日の父ともならずひとりゐる　　露崎士郎

私は第二詩集『朝日のあたる家』の中で、夥しい数の「父の日」の句を詠んだ。

父の日の日暮は父と呼ばれたし
父の日の父に空席ひとつある
父の日や日暮の色の花を買ふ

私の一行詩は、父である現実を詠った作品だが、露崎士郎の句は、中七下五の「父ともならずひとりゐる」という、切実な寂寥感を詠った作品。田中風木の作品は死者も生者も夕暮には誰も来ない、という淋しさだが、露崎士郎は、もっと根本的な淋しさが全面に出ている。私が獄中にいた時に、一時、「河」の句会にも参加していた小中英之という歌人が亡くなった。小中は一生を独身で通したが、彼の作品は透明で言葉が緊密だった。明るい歌も、どこか死を匂わせていた。士郎の作品を何度か読み返してみると、単なる寂寥感ではなく、奇妙な明るさ、突き抜けた明るさが見えてきた。切実な魂の一行詩。

秋めくや空にありたる水のいろ　西川僚介

八月の「はいとり紙句会」で特選に取った作品。西川僚介といえば、いつも思い出すのが次の一句。

とある日の花を買ひをり啄木忌

啄木忌の作品として、まさに秀逸。「秋めくや」の句は、久保田万太郎の次の代表句を想起させた。

水にまだあをぞらのこるしぐれかな

水面に映る時雨雲の間に、鮮やかな青空の一片をまだ残している景を詠った作品。西川僚介は、秋めいた空に、夏にはなかった鮮やかな水色の青さがある、という景を詠った。単純で、類型の句がないわけではないが、印象鮮明な秀吟といってよい。

銀漢や天竜川に流れゐる　山田友美

この句も、八月の「はいとり紙句会」で私だけが特選に取った作品。この句が句会で回って来た時、細見綾子の次の代表句が頭に浮かんだ。

九頭龍《くづりゆう》の洗ふ空なる天の川

福井県の代表的な大河である九頭竜川と天の川を対比させた景の大きな句。中七の「洗ふ空なる」が抜群の措辞である。友美の作品は、今年の天竜川の洪水のあとの天の川を詠んだ

作品。例句としては、

ねたきりのわがつかみたし銀河の尾　秋元不死男

野分吹く海に垂れ落つ銀河の尾　角川春樹

友美の作品は、垂れさがる銀河の尾、ないしは銀河そのものが激流の天竜川に流れ込んでいる、という景を詠った作品。「銀河の尾」とも、「天の川」とも言わずに、「天竜川に流れゐる」と詠んだのは手柄。

香水の好みも忘れ働きぬ　髙橋祐子

作者は那須郡那須町の豆腐商。「河」七月号には次の句がある。

どしや降りや豆腐売れずに啄木忌

花は実に吾が半生は豆腐売り

「河」八月号では、

やなことも生きることかも冷奴

今月号の同時作では、

豆腐屋のゆくへは知らず川開き

また、香水の句に続いて、

嫉妬するサルビア燃えてゐたりけり

がある。香水の好みも忘れて働いている作者は、サルビアの燃えている姿に嫉妬する。サルビアの赤は、華やかな女性をあるいは作者の過去を連想させるゆえにだ。それだけに香水の好みも忘れた今の作者自身の姿が、痛ましく思えてくる。「香水」という甘い季語が、切実な詩《うた》となって花開いた。佳吟。

その他、今月の投句で特選に取った作品を明記して置く。特に「河」の当月集は目覚ましい作品が目白押しである。昨年の「河」の八月号の「青柿山房だより」の中で、「当月集の作品の多くは眠っているように思えた。俳句を作るという切実さが見えない。そのため、今月号から出来のいい順番に作者を並べることにした。結果はごらんの通りである」と書いた。それから一年、当月集作家は驚くべき変貌を遂げた。そのことは、半獣神にも河作品にも同様のことがいえる。現在の俳句結社誌、俳句総合誌を読んでも、「河」以上に充実した作品を発表している雑誌は存在しない。そのことは断言できる。

青葉木菟《あおばずく》にあつさり声をくれてやる　北村峰子

サングラス外し鰈の目でありぬ　春川暖慕

風鈴や生き霊すでに忍び寄る　大森理恵

火に消えて火より生れたる火取虫　田井三重子

盆提灯高き低きも消えにけり　渡辺二三雄

流灯や寄りそひて佇つ影ふたつ　滝平いわみ

白桔梗海に音なき日なりけり　佐野幸世

ごきぶりのしかと体温ありにけり　市橋千翔

終戦日ただに歩いてゐたりけり　岡田　滋

中吊りの読み易し弱冷房車　大多和伴彦

立秋の水に穴あり鯉の口　堀元美恵

かさぶたの剝がれし膝に秋が来る　山仲厚子

エプロンで送るそこまで夜の秋　林風子
夏の夜の門司港駅に水を飲む　木下ひでを
白南風や袋はみ出るフランスパン　舟久保倭文子《しずこ》

（平成十八年「河」十月号）

＊1「しゃん句会」は「はいとり紙句会」「はちまん句会」とともに角川春樹による小規模な鍛練句会のこと。
＊2 東京中央支部　全国展開する「河」の東京中央支部月例句会。
＊3 河作品「河」の一般会員作品欄。
半獣神「河」の同人作品欄。自選五句全掲載。順位は主宰選。
当月集「河」幹部同人作品欄。

鮎落ちて水の色づき始めたる　松下千代

同時作に、

オルゴオル時計の止まる獺祭忌《だっさいき》

鍵盤の勝手に動く秋の夜

「鮎落ちて」と「獺祭忌」は、九月の「しゃん句会」での特選句。兼題は「錆鮎《さびあゆ》」。成熟して産卵場へと川を下るのが落鮎《おちあゆ》（下り鮎）である。産卵期の鮎は、黒ずみ、腹は赤くなるので、錆鮎とも呼ばれる。例句としては、

山々は鮎を落して色づきぬ　森澄雄

鮎落ちてこれよりながき峡《かひ》の冬　宮下翠舟

森澄雄作品は、錆鮎のころの山々が紅葉した景を詠った。一方、千代の作品は、水が青々と澄み、紅葉を映す景を詠った。色づく山を詠うのではなく、落鮎の川そのものに詩を見出そうとした。中七下五の「水の色づき始めたる」の措辞が美しい。印象鮮明な一行詩。

青北風《あおぎた》や恐るるものは死にあらず　北村峰子

「青北風」とは、雁が渡ってくる九月、十月ごろに吹く北風のこと。「雁渡し」ともいう。例句としては、

雁渡し豆腐一丁買ひて足る　稲垣きくの

峰子の同時作に、

秋天に手かざせばやはらかき明日
どこに身を置けばいいやら青なつめ
振り向くと前を向けなくなる案山子《かかし》
銀河まで駆けやうメリーゴーランド

「河」八月号の、

柿落花きのふに肩を叩かれる
青嵐索引《さくいん》はみな過去のこと

八月号はどの句も、荒涼とした作者の心象風景だった。しかし、今月号の作品は、癌の進行している作者の、ある種の突き抜けた明るさに救われた。先師・源義は、句集『冬の虹』のあとがきで、

私はこれまで境涯俳句とよばれるやうな俳句を作らなかつたが、日々の生活を詠ふやう

になつた。しかし、私は芭蕉晩年の計が何であつたかが思へてならず、陰を陽に転ずる俳諧の企てをつづけてみたい。そのあとはどうなるのか、実は私にも判らない。軽みの句風で芭蕉は終焉を迎へてゐる。俳人芭蕉にとつて、これは幸ひしてゐた。

「陰を陽に転ずる俳諧」。これが源義の目的地だった。峰子の「秋天」の句も、「銀河」も、そして「青北風」も、陰を陽に転ずる俳諧ということもできる。しかし、私はそう思わない。気を奮い立たせようとする峰子の、ぎりぎりの生命賛歌の一行詩と、私は解したい。永遠の中の今を詠う峰子の現在地としてとらえたい。

蛇穴に入りて惑星ひとつ消ゆ　滝平いわみ

同時作に、

夏果つる地獄めぐりに行きしまま
スマップの歌などおぼえ豊の秋

「スマップの歌などおぼえ」の句には、一読して笑ってしまった。スマップの歌をうたっている滝平いわみの姿が、突然、イメージされてしまったからだ。

一方、「惑星ひとつ消ゆ」は、今年の八月中旬、世界七十五ヵ国から約二五〇〇人の天文学者が参加した国際天文学連合の総会で、冥王星は太陽系に属する惑星ではないと多数決で認定されたことを受けての一句。今月の「河」の投句でも、このニュースを一句に仕立てた作品が数多くみられた。
「蛇穴に入る」とは、蛇が寒くなって穴に入り冬眠することをいう。また、仲秋を過ぎても穴に入らないものを「穴惑い《あなまど》」という。例句としては、

穴に入る蛇あかあかとかがやけり　沢木欣一

はにかみのちらとわれ見て穴まどひ　森澄雄

滝平いわみの句を眺めていたら、高浜虚子の次の句を思い出した。

蛇穴を出て見れば周の天下なり

滝平作品は、虚子のユーモアに通底している。そして、冥王星のニュースを離れて鑑賞したほうが遥かに面白く、上等な作品となる。例えば、試みに私は次の一句を作ってみた。

穴惑ひ帝国ひとつ砂に消ゆ

東アジアの砂漠に古来、多くの帝国や王国が建設され、滅んでいった。モンゴル帝国もその一つである。「惑星ひとつ消ゆ」は、一つの惑星が消滅するととらえた方が遥かに面白いからである。

穴《あな》惑《まどい》遠くまぶしい水がある　野田久美子

同時作に、

ふりむいてほしいこんなにまんじゆさげ

鶏頭の野に放たれし男神かな

があり、両句とも面白い。「穴惑」の句は、十三年前に麻薬取締法違反で逮捕され、千葉の拘置所で大晦日を迎えた時の、次の一句を思い出させた。

大年の遠き水辺のひかりかな　角川春樹

私にとって、大年の水辺のひかりは永遠の距離であった。例えば、次の代表句はそれである。

そこにあるすすきが遠し檻の中　角川春樹

野田久美子の作品「穴惑」は、作者自身である。「遠くまぶしい水」は、作者の過去ともとれるし、未来に対する願望とも考えられる。「まぶしい水」は、永遠に手に入れることのできない逃げ水であり、しかも目に見えるがゆえに、冬眠を拒み、この世に執着する蛇は、さまざまな「惑い」を抱えている。「穴惑」の一句は、象徴詩として秀吟。

新涼の胸にひとつの灯のともる　田井三重子

同時作に、

生御魂《いきみたま》はかなきものを口にして
風に訊くその後のこと葭の秋
母のみる真昼の夢の赤まんま

田井三重子の作品に登場する「母」を眺めていると、「生御魂」は彼女の母と考えられる。すると、「新涼の灯」もまた、三重子の母に係る出来事と想像することが可能だ。勿論、作品は現実を離れて鑑賞されることになる。厳しい夏の暑さを越えて、少し秋めいた時に、「胸にひとつの灯のともる」出来事があったということ。「ひとつの灯」が何を指しているのか、具体的でなければないほど読者の「こころ」にも「ひとつの灯」がともるのだ。

落花生ひとりにかなふ灯を寄せて　大森理恵

同時作に、

ねぢ巻いて私がうごく星河《せいが》かな

コスモスのひしめきあつてゐる孤独

があり、両句とも良い。しかし、「落花生」の句には、正直驚いた。いくつかの例句はあるが、名句といえる作品がなかったからである。それほど、句にするのは難しいからだ。例えば、

落花生喰ひつつ読むや罪と罰　高浜虚子

南京豆むきて貧しき詩に憑《つ》かれ　福田蓼汀

火曜日の昼のデスクの落花生　角川春樹

作者の大森理恵も虚子の「罪と罰」ではないが、落花生を食べつつ読書灯を引き寄せている。中七下五の「ひとりにかなふ灯を寄せて」は、誰もがいえなかったこと。そして、「落花生」の全ての例句を凌いでしまった。

深秋のひとりにかなふ灯なりけり　角川春樹

乙女らの薔薇の刺青を晩夏とも　渡辺二三雄

同時作に、

西日中花街といふ行き止まり

文机《ふづくえ》に青きあけびと筆二本

があるが、「薔薇の刺青」の句は鮮烈だ。「刺青」は「タトゥー」あるいは「しせい」と読ませるのだろう。多分、乙女らとある以上、複数であれば、現実の刺青ではなく、貼りタトゥーと考えられる。「河」九月号の稲野博明の次の句が参考になろう。

半夏生《はんげしよう》少女の腕の貼り刺青《タトウー》

稲野博明の作品は半夏生の本来的な意義が失われた世相を詠んだ風刺の一行詩であったが、二三雄作品は少女たちの薔薇の貼りタトゥーに晩夏の色を感得したのだ。その感性は病的なほど繊細であり、年季の入った一行詩。

招かれし敬老の日のおなじ顔　内田日出子

同時作に、

藍浴衣娘が定年となりにけり

聞いてやる孫のあらそひ鳳仙花《ほうせんか》

虫のこゑ容れて明け待つ余生かな

があるので「敬老の日」の句の背景は想像できる。しかし、下五の「おなじ顔」という措辞に、ユーモアとペーソスを充分に表現できる力量に感じ入った。

老いきつてぱくぱく芋の煮ころがし　原 与志樹

同時作に、

干瓢《かんぴょう》の干からびてゆく余生かな

山影の山へ引きゆく盆の市

があり、特に「盆の市」の句に感銘した。しかし、なんといっても「芋の煮ころがし」の句が面白い。「芋の煮ころがし」の上五中七の「老いきつてぱくぱく」は、とても言えるものではない。正しく作者の年季がものをいった放下《ほうげ》の一行詩。

くすくすと笑ひ袋や敬老日　井桁衣子

同時作に、

とくとくと銘水一壺の素秋かな

あかときの遺影笑まへり萩の風

があるが、「敬老日」の句が実にいい。「笑い袋」はオモチャ屋ならどこでも売っているしろもの。袋を開けると、金属質の笑い声を発する玩具。その笑い声は不気味であり、虚しさが伴う。気味のわるい笑い声は、決して人を幸福にはしない。むしろ鳥肌が立ってくる。しかし、下五に「敬老日」が置かれると、不思議なことに何の違和感も起こらず、むしろユーモアとペーソスが生まれてくるのはなぜだろう。しかも敬老日という切ない季語が、一転して明るくなってくる。源義のいう「陰を陽」に転換させたもどきの一句。

ワルツからタンゴに変はり月涼し　福原悠貴

同時作に、

十六夜《いざよい》やぽつりと赤い橋がある

があり、「月涼し」は八月の「しゃん句会」の特選句。「十六夜」は、八月の「はいとり紙句会」での秀逸句。「月涼し」の句は、直ちに三橋鷹女の次の代表句を思い浮かべた。

煖炉《だんろ》灼《や》く夫《つま》よタンゴを踊らうか

昔は日本でも一流ホテルには必ず舞踏室があった。今年の春、社員同士の結婚式が横浜のグランドホテルで行なわれた。披露宴は天井の高い、気品のある一室で開かれた。部屋の入口には英語で、「ボード・ルーム」と書かれていて、その日の招待客は豪華な内装に感嘆したものだ。古き良き時代の遺産である。目をつぶると、ボード・ルームの生バンドが華麗なワルツを流している。が、突然、曲は激しいタンゴに変わり、暗転してフェイド・アウトになる。

アルゼンチン・タンゴにはなぜか革命と叛逆者の血の匂いがある。名門ホテルの舞踊室に座っていると、そんなヴィジョンが浮かんでくる。福原悠貴の「月涼し」の一句は、さまざまなイメージを抱くことができるドラマ性のある一行詩。今、こんな句が浮かんだ。

革命やわが銀漢に海を容れ　角川春樹

蛇衣《きぬ》を脱ぐや複写の魂《たま》ばかり　堀本裕樹

同時作に、

白地着てひたくれなゐのいのちあり

夏の夜の開高健のジッポかな

母を売るコンビニありや十六夜

があり、いずれも秀句である。「白地」「蛇衣を脱ぐ」は八月の「しゃん句会」の特選句であり、「夏の夜の」「十六夜」は「はいとり紙句会」の特選並びに秀逸句。今月もまた「河」半獣神の巻頭を堀本裕樹が連続して取った。「夏の夜」は私の知る開高健の見事な肖像画である。「十六夜」は寺山修司の短歌を一行詩に本歌取りした作品。

「蛇衣を脱ぐ」とは、蛇の脱皮が初夏に目につくことをいう。例句としては、

髪乾かず遠くに蛇の衣懸《かか》る　橋本多佳子

蛇の衣むしやうに午《ひる》の寂しくなる　角川春樹

裕樹作品の句意は、蛇の衣と同様に、現代は実体を離れて複写された抜け殻が流通する社会であり、さらに、魂さえも複写されたコピー人間によって現在の社会が成立している、という風刺の一行詩。詩としてリズムもよく、自己の投影の効いた作品。

夏の終りの鍵穴が上と下　滝口美智子

同時作に、

酔芙蓉少年が扉《と》を閉めにくる

おぶらあとで包みし朝《あした》小鳥来る

「夏の終り」の一句は、九月の「河」東京例会*での特選を、「酔芙蓉」「小鳥来る」は秀逸を取った。句意は明瞭で、晩夏の鍵穴が上下に二ヵ所ある、といっただけだ。つまり、目に見えるものとしてはドアと二つの鍵穴のみが読者に提供されているだけである。日常の中に詩を発見することが、「魂の一行詩」の最も重要な要であることを、私は何度も語ってきた。外出さきから戻ったマンションのドアには、深い二つの鍵穴がある。ドアの内側には、日常の闇がわだかまっている。この句の眼目は、季語の「夏の終り」。「夏の終り」の上五にこの一行詩の全体重がかかっている。まさに現代の危機意識を詠んだ繊細な一行詩である。滝口美智子の作品としては、「河」六月号の次の作品に続いて感銘した。

父ひとりかげろふを食《は》みこぼしけり

バーゲンのシャツ着て夏を惜しみけり　石橋翠

同時作に、

蟬はげし赤い電車の過ぎるたび

がある。「バーゲンのシャツ」は、滝口美智子の「夏の終り」と同様の日常吟。この句は台所俳句ではない。この句も日常の中に詩を発見しているのだ。そして、この句も滝口美智子の作品と同様に、下五の「夏を惜しむ」の季語に全体重がかかっている。「バーゲンのシャツ着て」だけでは散文だが、「夏を惜しみけり」と断定の「けり」がさらに韻文の効果を高めている。

キャラメルのおまけで遊ぶ十三夜　　神戸恵子

同時作に、

体内の水が少なし鳩を吹く

がある。「鳩を吹く」は感覚的な一行詩だが、「十三夜」の句の方は、日常の中の不吉なドラマを持った一行詩。そして、この句も上五中七の「キャラメルのおまけで遊ぶ」という散文的な表現が、下五の「十三夜」の登場で一変する。子供を相手にしてのゲームなら考えられるが、キャラメルのおまけで大人の女性が遊ぶわけがない。三橋鷹女の次の句が、突然、ひらめいた。

この樹登らば鬼女となるべし夕紅葉

「十三夜」という古典的な美しい季語が置かれることで、キャラメルのおまけで遊んでいるのが、子供ではなく、正常ではない存在の、例えば鬼女、あるいは狂っていることを自覚しているおのれという存在。勿論、虚の世界。翻《ひるがえ》って、私はどうなのだろう。十三夜の月光の中で、私なら何を相手に遊ぶのだろう。考えがそこに行き着くと、私は私自身の狂気に寒けを覚えた。

風に色なく灯さずにゐる机　若宮和代

同時作に、

秋天や蹠《あうら》の白き猿田彦

北軽《きたかる》井沢の夏も終はりの目玉焼

「風に色」の句は、八月の「しゃん句会」での特選句。「目玉焼」の句も実によい。若宮和代の作品は、一貫して安易に「かな」や「けり」の断定の切れ字を使わないのが、一行詩の効果を高めている。俳句と川柳の違いは、切れ字の使用の有無にほぼかかっている。同様に、一行詩として成立させるためには、下五に切れ字をもってこない方が成功する場合が多い。勿論、これは一般論であって私の場合は逆に「けり」「かな」を使用した一行詩が多い。このことは、作者の体質や個性の違いにもよるが、和代の場合、「けり」「かな」の切れ字をできるだけ使用しないように注意を払っている、ということ。今回の「風に色」以外の全作品についても同様なことがいえる。「風に色」の作品が秀れているのは、この句も日常の中に詩を見出したことによるが、一句全体の立ち姿が良い。そして、机の前にいる作者の時間経過が色彩を伴って、鮮やかに浮かび上がってくる。勿論、作者の自己投影も充分行きとどいている。

ランボーの詩の空白を泳ぐなり　　梅津早苗

同時作に、

墓場まであと何マイル秋の風

があり、「秋の風」の句は、寺山修司の最晩年の詩のタイトルを使用してのこと。「ランボーの詩の空白」については、二とおりの解釈が可能になっている。つまり、若くして詩の伝説となったランボーの、詩を捨てたその後の空白を作者である梅津早苗が遊泳しているという解釈。もう一つはランボーの、詩を捨てたその後の空白を泳いでいる、ということ。一行詩の観点に立てば、後者の方が面白い。つまり、「ランボーの」の「の」は、主格の「が」と想定することが可能だからだ。が可能だからだ。しかし、「ランボーが」とするより、やはり「の」の方が良い。それだけ想像の範囲が広がるからである。

ランボーのその後知らず秋つばめ　　角川春樹

かなかなの降るほど鳴いて誰もゐず　　吉川一子

八月の「河」東京例会での特選句。この作品には、中七下五にかけて句の勢いがある。「降るほど鳴いて」という強い措辞に対して、「誰もゐず」という表現の転舵が面白い。「河」九月号の辺見じゅんの次の作品が参考になろう。

河童忌や椅子二つあり誰もゐず

辺見じゅんの「河童忌」の句意は、文字どおりでしかないが、誰もいない椅子が二脚あるというのは報告でも、実景でもない。この句は、シュールな油絵なのだ。否、それ以上に現代人の不在感を象徴した詩の世界なのである。ぽつんと置かれた二脚の椅子は、永遠に人が坐ることはない。もはや、人間そのものが現世から消滅してしまったからである。

吉川一子の作品は、辺見の現代人が描く不在感ではなく、もっと湿度を伴った喪失感である。例えば、この句の作者が私であった場合、読者は亡くなった母・照子の喪失を詠った句と解釈するであろう。二年前の八月九日の真昼は油蟬が辺りを圧し、通夜の始まる日暮は蜩が降るほどに鳴き始めた。次の一連の句は、私のその時の作品。

いづこより来たるいのちや蟬時雨

蟬しぐれ母遠けれど空に満つ

遠き樹にひぐらし鳴けり昴の忌

吉川一子の作品は、蟬ごえの滴りの中に誰もいないという実景を詠っただけだが、作者の喪失感は充分に読み手に伝わってくる。吉川一子は私と同様に、身近な存在の喪失を詠ったように思えてならない。なぜなら、一子の作品から辺見のシュールな油絵に対して、パステル・カラーの水彩画をイメージしたからである。

人と逢ひ人と別れて水引草　堀内のぶ子

一読すると恋の句ともとれるが、そうではない。作者は今年も咲いた水引草の可憐な姿を眺めている内に、長い歳月の中での出逢いと別れを淡々と思いだした、という句意。すなわち、無常迅速（人の世の移り変りがきわめて早いこと。歳月は人を待たず、人の死の早く来ること）の思いを、水引草に込めて一行詩に託したのである。水引草が引き金となった作者の無常感を詠った作品。

原発《げんぱつ》の前金髪の案山子《かかし》嬢　末益手瑠緒

八月の「河」東京例会で特選を取った句。同時作の次の句も、母・照子の句集『秋燕忌』を踏まえた佳吟。

糠床に野分《のわけ》聞きゐる照子の忌

手瑠緒作品の「案山子嬢」の句意は文字どおり、原子力発電所の前の案山子が金髪だった、ということ。「金髪の案山子嬢」が面白く、さらに「原発の前」にあるというのがユーモアを超えた風刺の一行詩として成功した。

終電車錆びたる鮎の群れを吐く　岡田滋

九月の「しゃん句会」で特選に取った作品。兼題は「錆鮎」。滋は魂の一行詩を始めて一年足らずの新人。しかし、一行詩に賭ける情熱は凄まじい。ある種の狂気を帯びている。私が俳句を十八年ぶりに再開したのは三十七歳の、誕生日を迎える直前である。以来、私は俳句に熱狂した。その俳句再開の宣言が第一句集『カエサルの地』の次の句である。

火はわが胸中にあり寒椿

○五年出版した第十六句集『JAPAN』に、次の一句がある。

胸中の太刀を眠らせ去年今年《こぞことし》

私の句歴もかなりになったが、目指す姿勢は決してぶれてこなかった。それが不良である私の本質でもある。岡田滋の句歴を問うのは馬鹿げている。濃密な時間と情熱が、大森健司、堀本裕樹、鎌田俊に続く若手一行詩人を生むかもしれない。岡田滋の「錆びたる鮎」は、勿論、人間である。終電車から吐き出されてくる錆び鮎はもの悲しい。風刺の一行詩ではなく、そこに自分を乗せたペーソスの一行詩と解釈すべき作品。

終戦日自分のためのパンを買ふ　吉野さくら

同時作に、

籐製のピンクのバッグ終戦日
終戦日すくひきれない青みどろ
終戦日家の一つが炎えはじむ
辿り着くメトロの出口終戦日

全作品が終戦日を詠っているが、いちばん心を打たれたのが、「自分のためのパンを買ふ」である。それに比べると、他の句は報告にすぎない。しかし、終戦日を単なる情緒で詠むのではなく、おのれに引きつけて、自分のいのちを、ぶざまに、正直に詠む姿勢に感動した。魂の一行詩は、さくら作品のこの句のように、おのれの「いのち」を乗せなければ、いったい、なんの意味があるのか。突き刺すような一行詩。

鯔《ぼら》とぶや洲崎の町の豆腐笛　河野薫

八月の東京中央支部の句会で特選に取った作品。鯔の例句としては、

鯔跳んで西空の雲遠きかな　右城暮石
鯔さげて篠つく雨の野を帰る　飯田龍太
鯔を釣り周の天下を待ちにけり　有馬朗人

河野薫の同時作に、

放《ほう》蕩《とう》の息子が帰る木《む》槿《くげ》垣
汗流すへくそかづらに負けぬやう
休暇明け四十五度の目線かな

があり、どの句もユーモアがある。一途に一行詩に熱中すれば、独自の面白さを持つ作家になるかもしれない。さて、「鯔とぶ」の句は、まず「洲崎の町」「豆腐笛」との道具立てが面白い。実でありながら、虚に遊ぶ句作りがユニーク。しかも全体が古俳諧の格調を保って

成功した。

今夜だけあなたの海になる人魚　山田友美

同時作に、

あなたといふ胸はいつかの夏怒濤
麦酒飲むスローなＪＡＺＺの昼深し
お揃ひの浴衣着て待つ遠花火

いずれの句も青春の賛歌をモチーフにしている。今月の「河」全作品の中で、最も新鮮な一行詩。句意は実に平明、誰にでも理解でき、共感できる作品。勿論、この句に季語はない。しかし、季語を無理矢理入れたとすれば、この句の鮮度は落ち、魅力のない駄句に終るだろう。「河」の九月号に初登場した、十六歳の岡本汀の次の句と並べて鑑賞してほしい。

スカートを短めにして貸しボート

（平成十八年「河」十一月号）

＊東京例会　「河」の母体となる月例本部句会。

3　父の尾骨

秋天に模型飛行機落ちにけり　　松下千代

「秋天」は、十月一日の東京中央支部の句会の特選句。同時作に、

ドガの絵に指紋を残し神無月
木の肌に晩秋の日の静かなり
原つぱに転がつてゐる冬の影

があり、いずれもよい。「秋天」の句は、昨年の「河」十一月号の次の句に匹敵する。

秋高し積木の家の建ちにけり

「秋高し」の句は、久保田万太郎の次の代表句を思い浮かべた。

さびしさは木をつむあそびつもる雪

積木の家は必ず崩されることを前提に建てられている。つまり、家族崩壊の予兆としての象徴詩である。同様の構図が「秋天」の句にある。「模型飛行機」は模範的な家族の象徴と考えられるからだ。「秋天」の「晴」は、「模型飛行機落ちにけり」という「褻《け》」によって充分

に効果を高めている。だが、作品を文字どおりに読むことも、また可能である。澄みきった青空に飛ばした白い模型飛行機が空地にいつしか落ちてゆく。日常のドラマを一行詩に成立させたということだ。だが、やはりこの句は家族崩壊の予兆としての象徴詩として鑑賞する方が深い。二とおりの解釈が可能な場合、良い方に鑑賞するのが批評としてのあるべき姿だからである。

なすことがあるのに秋の海を見に　　北村峰子

同時作に、

息吸うてゆつくり吐いて秋の蝶
秋うらら骨が謀反を企てる
木犀《もくせい》の庭で忘れることにする
丸もらふ列に並びてそぞろ寒
闇甘くなるまで嚙んで夜の長し

秋の蝶は、峰子自身の姿だし、丸もらふ列に並んでいるのも、甘くなるまで闇を嚙んでいるのも、全てが今の峰子の現在地なのだ。だから、「河」十月号の峰子の次の句で、もう声が出ないことを知った。

青葉木菟《あおばずく》にあつさり声をくれてやる

十月二十九日の第四十八回「河」横浜大会で、峰子と再会できることを私は楽しみにしていたが、娘さんの代理出席となった。娘の恵さんに託した可愛い銀の蛙の携帯ストラップと一通の手紙を、私は受け取った。

春樹主宰

河賞、ありがとうございました。主宰には、何から御礼を申し上げてよいやら感謝でいっぱいでございます。

当月集に推薦していただきましたのに、お断りした私に「峰子の意志を尊重する」とおっしゃってくださったこと……。嬉しかったです!!

そして、毎号〳〵、拙句を取り上げてくださり、私の「いのち」に、「たましひ」に、共振れしてくださったこと……。

それは、どれほど私の気持ちを奮い立たせ、生きる力になったことでしょう。

今、俳句をしていてよかった。いま、春樹主宰に出逢えてよかったと、心底、幸せに思っています。

以前、主宰が、ご自分の魂は、透明なブルーの球体で、そのエネルギーは「惜しみない愛」を放射していた……と書かれて居られましたが、まさに私はその「惜しみない愛」を存分にいただいているのだと、感じて居ります。

あらためて、厚く〳〵御礼を申し上げます。ありがとうございました。

大会に出席できないことは、申し訳なく、残念なことですが、いつの日か、元気な「魔女のキキ」でお目にかかりたいと念じております。
なんて言いながら、秋空の美しさに、いてもたってもおられなくなって、ひとっ飛び……。ひょっとしたら会場の隅に座っているかもしれませんよ。（笑）

手紙にあるとおり、峰子はすでに外出できる身体ではない。だから「秋の海を見に」出かけることもできない。「なすことがあるのに」というのも事実ではない。私が刑務所にいた時の次の句は、私の切実な憧れだった。

満月やマクドナルドに入りゆく

私の句が俳句的でないのは、端《はな》から承知している。だが、この句は、この世の地獄である獄中の、切実な「たましひ」の叫びである。峰子の「秋の海を見に」も、すでに声さえ奪われた峰子の切実な思いであり、叫びなのだ。虚の方が実よりも大きいということを、読者は嚙みしめて貰いたい。なすことがある通常の世界に、作者は「いのち」を置いていない。まさに「魂の一行詩」なのだ。魂だけが「秋の海」を見に行くことができるからである。

水差しに水の残れる無月かな　佐野幸世

同時作に、

川暮れて母の掌に鳴る胡桃《くるみ》かな

があり、この句もよい。だが、無内容とも言える「無月」の句に惹かれる。季語が「雨月」

となると、言葉に意味を持ちすぎる。また水差しの水との関連も気にかかる。やはり、ここは無月がよい。その無月を引き出す言葉が上五中七にさりげなく置かれている。私はいま、改めて「水の思想」に思いをめぐらしている。水自身には意識がない。しかし、水を包む器があると、水に意識が生まれてくる。例えば、「命根石《めいこんせき》」と呼ばれる石がある。三億年から五億年前の水を内包した石のことである。一番手に入りやすい水入りのお守りとしては、ブラジル産などの瑪瑙《めのう》、次いで日本産の水晶、最も入手し難いのがビルマ産の翡翠《ひすい》である。水入りの翡翠ともなれば一族の家宝として表には出て来ない。命根石の謂《いわ》れは、石自体が「いのち」を宿し、意識を持つからである。縄文後期に翡翠大珠《たいしゅ》を死者の胸に飾ったり、翡翠が少なくなった弥生時代以後は生者が翡翠の勾玉《まがたま》を使用するようになる。つまり霊の宿る石と考えられたのだ。「水」は古代より聖なるものと考えられ、それは現代にも宗教の中に息づいている。次の私の一句は、「水の思想」に基づいた象徴詩である。

澄む水の器でありし一行詩

今、私の目指す地点は、一行詩という器に澄んだ水のような世界を盛ることにある。水のようなさりげない日常の中のドラマ性である。そこに深い思想が生まれる。言葉を飾らず、自分の「いのち」と「たましひ」を詠い、読者の心と魂に共振れさせる一句である。

幸世の「無月」の句は、単に水差しに水が残ったと言っているだけだ。しかし、無月の季語を得ることによって、そこにさまざまなドラマを読者に想像させる力を持つ。そして、この一句は永遠の中の今を言い止めている。無内容な、そして透明な一行詩。

秋はひとり軀をカプセルに押し込める　山口奉子

同時作に、

あれは船だ大きな船だ草の絮《わた》

があり、十月の東京例会の特選句。しかし、「秋はひとり」の方が遥かに面白い。このカプセルは宇宙を彷徨する孤独な旅の乗り物と考えたい。勿論、この句、都会のサラリーマンがひとりカプセルホテルに泊っている図と考える方が正解だろう。それは、それで面白いのだが、どうしてもスタンリー・キューブリック監督の「二〇〇一年宇宙の旅」が頭を占めるからである。下五の「押し込める」とあれば、ますますカプセルホテルめいてくるが、宇宙飛行士がカプセルに軀を押し込んでいると想像すると、やはり宇宙の旅と現代の孤独がダブルイメージとなってくるからだ。

私は三歳の時、練馬区の小竹町の実家のベランダで、不思議な飛行物体を目撃した。さまざまな形体を持つ飛行物体は西の空から東へ音もなく移動して行く。その時、突然、青年である私がカプセル型のロケットで宇宙を彷徨する映像が眼《まなこ》いっぱいに飛び込んで来た。私は三歳の幼児であったにも関らず寂寥感に魘《おそ》われたのである。この出来事は幻想ではなく、事実である。山口奉子の一句は、その時の強烈な恐怖を蘇らせた。

家のある処へ帰る秋の暮　春川暖慕

同時作に、

秋の夜を米粒ほどの蜘蛛と居り

お日柄も宜しいやうで蛇穴に

をととひの自然《じねん》薯《じょ》掘の穴であり

があり、作者のひょうひょうとした人柄がそのまま、句の立ち姿と重なっている。本年度の河賞受賞作品の次の一句のような人柄であり、作風なのだ。

草餅のやうな人ねと云はれけり

「秋の暮」の一句は、そんな作者の延長線上の、空気のような作品。上五中七の「家のある処へ帰る」は何の変哲もない。だが下五の「秋の暮」によって、調子は一転する。この場合、「秋の暮」は、「秋の終わり」であって、「秋の夕暮」ではない。次の芭蕉の代表句がそれを示している。

此《この》道や行く人なしに秋の暮

私の次の最近作も、秋の終わりを指している。

つるつると駅の水飲む秋の暮

時間帯としては、秋の終わりの昼さがりである。芭蕉の句も同様である。古典では、「秋の暮」は「秋の一日の暮れ方」「秋という季節の終わり」の二義性を持っていた。春川暖慕の「秋の暮」も、季節の終わりと同時に秋の夕暮の二義性を持たして作句されている。晩秋の夕暮の中を作者は作者の住む家に帰って行く。それは、氷河期、縄文期を通じての人間の帰巣本能となっている。すでに、人間の遺伝子に組み込まれている、と言ってよい。読み手は、さまざまな思いでこの句を眺めることができる。「家」という存在が、なにか私には眩しく感じられて仕方がない。しかも、秋の暮を詠んだ作品として全く類想がない、作者独自の視点である。

まづ白き花摘み秋とおもひけり　滝平いわみ

同時作に、

抽斗《ひきだし》につげの櫛《くし》ある秋彼岸

依怙《えこ》ひいきして鈴虫を育てをり

般若もう現るるはず夕紅葉

があり、いずれも佳吟。しかし、秋を白秋と言うように、白い花を摘んで、それが秋だと言い切った一句の立ち姿のよい作品に、私は強く惹《ひ》かれる。白き花と言っただけで、具体的な植物を出さないことも、読者の想像が自由に膨《ふく》らむ。しかも、具象と思わせながら抽象の世界に読者を誘《いざな》ってゆく。それはそうだ。この句、初めから虚の世界に作者は遊んでいる。下五の「おもひけり」によって、秋とは「白い花」であるという作者の断定は、想念の中にしかないのだから。

例えば、細見綾子の次の句を思い浮かべればよい。

くれなゐの色を見てゐる寒さかな

秋虹の歩いてゆけるところまで　野田久美子

同時作に、

はじめから世界の歪む花梨の実

狐の剃刀《かみそり》これほどの露の中

があり、どの句も「世界の歪む」抽象画の中にしか存在しない。勿論、虚の世界。久美子の「秋の虹」は、辿《たど》り着けない現実ではなく、地面の上の建造物としてある。その存在は、歩いて近づくこともできれば、触れることさえできる。だから「歩いてゆけるところまで」と秋の虹が境界線のごとく実在する。そう、現実界と異界のボーダーとして、秋の虹がある。つまり、久美子のこの句の魅力は、抽象を具象化して見せた作品。再び細見綾子の句を引用する。

峠見ゆ十一月のむなしさに

空蟬を拾ふ己《おのれ》の墓の前　斎藤一骨

同時作に、

秋の風わが白骨を撫《な》でてゆく

があり、この句も魅力がある。私の獄中句集『海鼠の日』の次の句と並ぶ。

わが骨に雪降る夜の鉄格子

「空蟬」の句は、自分もまた入る予定の先祖の墓の前で空蟬を拾った、という写生句。今まで、一骨さんの投句用紙の裏に、

どうぞよろしくお願い申します　一骨

とあったが、今月号は次のように変った。

何かとご厄介になっております　一骨

墓とは、何かとご厄介になる場所。また後の世の人々に、何かとご厄介をかける場所。聖地であると同時にかなり俗な場所でもある。その聖俗が還流する場所で作者が拾ったのは「空蟬」だと言う。そうには違いないが、作者が一骨さんともなれば、そう簡単には受け取れない。空蟬は勿論、蟬の脱け殼だ。私の最近作の次の句と比べていただきたい。

たましひの抜けたる獄の案山子《かかし》かな

つまり、作者が拾ったのは「わが白骨」か作者自身の「たましひの抜け殼」の象徴と考えることが可能だからだ。「放下《ほうげ》の一行詩」に遊ぶ一骨さんなら、そう考えた方が面白い。

月光やぬらぬら光るものがある　福原悠貴

同時作に、

実柘榴《ざくろ》やソロモン王が駆けてゐた
処暑《しよしよ》の日や真つ赤な湖《うみ》となつてゆく

がある。「実柘榴」の句は、九月の「はいとり紙句会」の特選を取った。平安時代に原産地

のペルシャから中国を経て柘榴は渡来した。中近東は、かつてソロモン王が活躍した地である。下五の「駆けてゐた」の「ゐた」が「をり」でないのがよい。ソロモンの栄華を回想した表現となるからである。一方「月光」の句は、八月の「しゃん句会」の特選句。月光の下でぬらぬら光るものがある、と抽象的な表現をしながら、蛇などの生物の具象を充分に想像させる。あるいは、この世の生命ではなく、クトゥール神話に登場する異界の生命体と捉えることも可能だし、むしろその方が「ぬらぬら光るもの」の奇妙な存在感を、さらに印象づけることになろう。古代の人類を脅かしてきた太古の神々とも考えられる不思議な一行詩。

秋声やとほくの空を泳ぐもの　　若宮和代

同時作に、

走つても走つてもきのふの曼珠沙華
柿赤く熟れ誰からも遠くゐる
さびしさや渋柿もまた色づきぬ
まだ翅《はね》をほしがつてゐる蟬の殼

があり、どの句も面白く、五句並べてみると、時空間の距離感に独特の感性がある。「秋声」の句は、なかでも不思議な懐かしさを覚えた。この句の「とほく」は空間の距離であると同時に、時間の距離でもある。だから、遠方の空を泳ぐものは、作者の少女時代が連想される。夏が終わり、秋の静けさが立ち籠める空の中に、確かに泳いでいる者が見える。

泳ぐものは、他者でもあり自分でもある。その人懐かしさが、作者に甘い寂寥感をもたらす。「失われた時を求めて」である。

鳩吹くや遠きところに人泳ぐ　角川春樹

天皇が突つ立つてる秋の暮　堀本裕樹

この句、一読して渡辺白泉の次の句を思い浮かべた。

戦争が廊下の奥に立つてゐた

「戦争」の句は、渡辺白泉の一代の名吟《めいぎん》である。勿論、戦争と天皇は同次元ではないが、しかしそうではないとも言い切れない。まるで、兄弟句のような作品。そして、渡辺白泉に匹敵する強烈な一行詩である。九月の東京例会でこの句が回って来た時、私は思わず目を剝いた。原句はこうだった。

天皇が突つ立つてゐる秋の暮

しかし、「突つ立つてゐる」だと、七音の定型だが、即物的な強さが薄れる。私自身は予選用紙に「突つ立つてる」と表記していた。私は句会の講評でそのことを指摘した。「秋の暮」は、伝統的な季語だが、それを逆手に取って新しい息吹を持つ詩的表現に再生させた。まさに「魂の一行詩」としての傑作である。

詩の器もちて高きに登りけり　丸亀敏邦

同時作に、

糸瓜《へちま》ゆれ誰もが何かになりそこね

があり、二句とも九月の「はいとり紙句会」で特選を取った。その時の兼題が「糸瓜」であり「高きに登る」だった。二句とも、兼題の作品とは思えない秀吟。特に、「高きに登る」という季語には、名句がない。例句として上げると、

行く道のままに高きに登りけり　富安風生

登高す天の真名井《まない》に口漱《すす》ぎ　下村梅子

亡びたる城の高きに登りけり　有馬朗人

等である。丸亀敏邦の「高きに登る」は、全ての例句を圧倒する一代の名吟である。この志の高い句に拍手を送りたい。

秋風や父の尾骨の忽《こつ》とあり　梅津早苗

同時作に、

穂すすきやわが断食月《ラマダン》の終はりをり

一行のヌーベル・バーグや秋燕忌

があり、両句とも面白い。父・源義の忌日に「一行のヌーベル・バーグ」を志す、という決意は、第四十八回「河」横浜大会の次の吟行句に繋がってゆく。

秋天やわが詩の革命はじまりぬ

この一行詩は梅津早苗の代表句となった、といってよい。

「秋風」の句は、札幌支部の句会で特選に取った。「秋風」と「父の尾骨」は直接的な因果関係はないものの、秋風の吹く頃になって父の存在、それも普段は意識していない父が、突然ある日あぶり出されてきた、との句意である。この句がよいのは、父という存在を尾骶骨《びていこつ》に象徴させたことと、「忽」にある。忽は忽然と思い出されるの略であり、「こつ」という一字が骨の音とダブルイメージとなっていることだ。「秋風」という季語がもたらした恩寵《おんちょう》の一句。

十字架の宵より灯る無月かな　　金子沙知

この句も札幌句会での特選句。夕空の中に教会が灯《ひ》ともり始める。そのこと自体は常と変らぬ光景だが、今夜が十五夜となれば別の感慨もある、というもの。この句の眼目は「良夜」ではなく「無月」という季語にある。月が無いことで、目に見える教会の灯は格別な意味を持たなくなるからだ。俳句三原則の「自己の投影」が無月と持ってくることで成り立つからである。例えば芭蕉の次の句が参考となろう。

月見する坐に美しき顔もなし

月見の座の「晴」に対して、美しい人もいないという「褻」を対比させた「もどき」の一句。「美しき顔もなし」という常の景がこの句の眼目であり、芭蕉の自己投影なのだ。

まつ黒なぬり絵の中の鶏頭花　　神戸恵子

勿論、まっ黒なぬり絵などこの世に存在しない。あるとすれば真っ赤な鶏頭花以外は、全くの黒一色でぬりつぶした絵画の存在である。黒も赤もともに暗色であるが、この二つの組合せは鮮烈な色彩。このまっ黒の色は作者の心の色とも考えられるが、そうではなく、作者が眼を閉じた時、それまで存在していた鶏頭花の赤以外に何も思い浮かべることはできなくなった、ということではないのか。私の初期作品で、具象を抽象化した次の句と比較していただきたい。

瞑《めつむ》れば紅梅墨を滴らす

冬隣だれかがだれかにさやうなら　春木太郎

本年度の河新人賞作家の不思議な一句。不思議というのは、理解できない句というのではなく、むしろ句意は文字どおりにすぎない。冬が間近になって、誰かが誰かに別れを告げる。句意としては、それだけだ。しかし、誰が誰に別れを告げたというのだ。作者以外は全く不明である。にもかかわらず、まるでダリの絵のように、奇妙にシュールで、しかも全体の景の一部が歪んで見える。不思議といったのは、このためだ。そして、なぜ、この句が私を魅了して止まないのか、確と理解できない点にある。詩とは、説明がつけばよいというものではない。シュールな抽象画が鮮明な具象画より、遥かに魅力に富むことはしばしばある。この句は、春木太郎の抽象画とだけ言っておこう。後は読み手次第ということ。

水中ウォーク魚にもなれず九月尽　谷川房子

健康指向のかまびすしい昨今、体の関節に負担をかけず、運動をしなければならない人たちのプールでのウォーキングと読んだ。しかし、水着のからだはなんともさまにならない。あってはならないところにふわっと肉が覆いかぶさって、あのきりりとした魚たちのそれとは大幅にちがうのだ。谷川房子は北海道札幌の住人。そろそろ水が冷めたく感じられる頃だろうか。作者の日常が垣間見られてほほえましい。「九月尽」が効いている。九月尽の例句として、

九月尽遥に能登の岬かな　暁台
九月尽ゆべしをうすくうすく切り　細見綾子
うす霜の葎が門に九月尽　細谷源二

がある。暁台作は江戸俳諧であるから、十一月初旬の景。秋を惜しむ北の海の景。能登が菫いろに海に沈んでいる。後の二句は、昭和の作家であるから陽暦の九月の晦日を詠んだものだろう。細谷の地はもう霜の頃、細見綾子の句は甘さの恋しい秋たけなわのもの。

むかご飯遠くの家に灯がともる　松下由美

同時作に、
五年後の無音《むいん》の秋にひとりゐる

子持鮎《こもちあゆ》かあさんの旅終はりけり
柿の天まだ終止符が見つからず
それぞれにそれぞれの秋ゐたりけり

があり、いずれの句もよい。「むかご飯」の句は、九月の「しゃん句会」で特選を取った。「むかご」は、長薯などにできる小さな肉芽。「ぬかご」ともいう。例句としては、

たれかれに供へて熱きぬかご飯　黒田杏子
黙々《もくもく》と夫《つま》が喰ひをりぬかごめし　加藤知世子

がある。たいして旨くもない飯だが、最近は自然食として家庭ばかりか日本食の店でも出すようになった。由美の「むかご飯」は、遠くの家の灯がともり始めた、と言っているだけだ。

この句の眼目は「遠くの家」だが、実景としての遠くの家ではなく、むしろ心理的な遠さにある。次の二句が参考になろう。

ひとつ見えて秋燈《しゅうとう》獄に近よらず　秋元不死男
秋の灯やとなりの家の遠くなる　角川春樹
まん中に蛇の寝てゐる秋祭　菅城昌三

同時作に、

人の目を盗みて茸《きのこ》生まれたる

無月かな傘泥棒が傘盗られ

戦ひに少し飢ゑたる案山子《かかし》かな

があり、いずれもユーモア句として悪くない。だが「秋祭」の句の方が断然よい。秋祭のまん中に寝ている「穴惑ひ」を登場させることによって、ドラマ性が生まれ、一行詩として成り立った。

みの虫とふたりぼつちでゐたりけり　露崎士郎

同時作に、

烏《からす》瓜《うり》何ともなくて赤くつて

団栗のひとつふたつを日の暮るる

玉の緒のいのちの限り吾亦紅

どの句も切ないほどの寂寥感に満ちている。特に「団栗」の句は「みの虫」と並ぶ秀吟である。作者は都会にいながら、心の旅が続く故郷喪失者である。露崎士郎の今回の一連の句を眺めていたら、万葉集の高市黒人《たけちのくろひと》の羇旅《きりよ》歌が頭を掠《かす》めた。

旅にしてもの恋《こほ》しきに山下《やました》の
　朱《あけ》のそほ船沖に漕ぐ見ゆ

いづくにか我か宿《やど》りせむ
　高島の勝野《かつの》の原にこの日暮れなば

十六夜の夜空を翔《か》けるもののこゑ　山田友美

同時作に、

完璧な空を見上げて登《と》高《こう》す
雁渡し珈琲の香の坂の家
ビー玉や前《ぜん》世《せ》と同じ秋夕焼

があり、特に「登高」の句がよい。「十六夜」の句は、九月の「はいとり紙句会」の特選句。山田友美はまだ一行詩を始めて短期間にもかかわらず、九月の「はいとり紙句会」では、今回の一連の作品で私を抜いて一位となった。「十六夜」の句がよいのは、夜空を翔けるものが具体的に示されないことによって、雁などの鳥類以外の存在を暗示した手柄である。例えば、天狗や竜などの霊界の生命体、あるいは、闇の世界に棲息《せいそく》するもの等の、目に見えない存在を想像することが可能になるからである。詩的感性のある一句。

花嫁の白きヴェールや小鳥来る　山田絹子

同時作に、

細かくこまかくちぎる手紙や秋の暮
長き夜のヴィビアンリーの睫毛《まつげ》かな
芋《いも》煮えて宅急便の届くころ

があり、特に「秋の暮」がよい。投句用紙の通信欄に次のような文面が書かれてあった。

いつもわかり易い御指導、感謝しております。先日の句会（十月一日）にて、主宰より、真に役立つ学習の方法を教えていただき、すぐに実行に移しました。これまでは、ただノートに書き写していたのですが、一句一句、短冊《たんざく》に書いてみますと、本当に、俳句の広やかな世界が、ひしひしと感じられます。努力したいとフレッシュな気持に、再びさせられました!!

一行詩の上達方法として、気に入った句を色紙に筆で書いてみると、作者の思いや息使いが聴こえてくるようになる、との私の経験に照らした助言を、山田絹子が実行した結果、河作品で今月は五位にランクされた。「小鳥来る」の季語は、秋に色々の小鳥が渡ってくる。特に花鶏《あとり》、鶸《ひわ》、尉鶲《じょうびたき》などは鮮やかで美しい。山田絹子の「小鳥来る」は、花嫁の白きヴェールに対比して、赤や青の色鳥《いろどり》を表現したかったに違いない。色鳥を登場させることで、白きヴェールの花嫁の初々《ういうい》しい姿や健康さをも強調する一行詩となった。映像の復元力の効《き》いた一句。昨年の「河」九月号の次の一句を思い出した。

梅雨寒の空へ花嫁ブーケ投ぐ　西尾五山

長き夜の最後のコーヒー飲みてをり　木下ひでを

同時作に、

二丁目の小さきバーや健次の忌

があり、九月の「はいとり紙句会」の作である。両句とも、句会では目立った作品ではないが、時間を経《へ》ると鈍い光を放って立ち上がってくる。何か懐かしく温もりがあり、読み手の心が澄んでくる魅力がある。「健次の忌」は、作家・中上健次の肖像画として上五中七の措辞が素晴らしい。

山脈《やまなみ》に影濃くたたみ鷹渡る　川越さくらこ

同時作に、

月草や濡れ鳥あをく発つ夜明け

子を捨てて流転《るてん》は早し天の川

両句とも現代詩の影響を受けた作品だが、「鷹渡る」の句は、力強いタッチのデッサンが効いた一行詩。例句として、私の初期作品『信長の首』より、二句を抽《ひ》く。

裏山の骨の一樹は鷹の座ぞ

白骨の一樹に鷹の動かざる

川越さくらこは、東京の露崎士郎、京都の菅城昌三と共に来年度の河新人賞に最も近い作家である。

当月集、半獣神、河作品の中から今月号の佳吟と作者名を列挙する。

街空《まちぞら》や色の足らざる赤とんぼ　小島健

藍甕《あいがめ》に布を沈めて十三夜　渡部志登美

あらぎの実に迫りくる山の冷え　本宮哲郎

月の船孤悲《こい》の波たて銀河ゆく　市橋千翔

畦《あぜ》案山子《かかし》仮面の下に神の顔　竹内弥太郎

ランボーの炎帝に灼《や》く詩もありぬ　鎌田正男

イワンの馬鹿読む子夕立《ゆだち》に窓を閉ぢ　小林力夫

鳥兜《とりかぶと》見し眼《まなこ》もて抱擁《ほうよう》す　青木まさ子

ボジョレー・ヌーボ掟破りの恋であり　藤田美和子

秋始まる星の形の菜を刻み　石橋翠

大川に靴ひとつ浮く震《しん》災《さい》忌　武正美耿子

流鏑馬《やぶさめ》の馬の尿《いばり》や天高し　河合すえこ

もろもろの音の幽《かす》かに囮《おとり》籠《かご》　加藤しづか

タップダンスの靴が先づ暮れ曼珠沙華《まんじゆしやげ》　西尾五山

栗を剝く職なき日々の淋しさに　石山秀太郎

父の字の眉の垂れをりそぞろ寒　末益手瑠緒

秋《あき》灯《ともし》わたくしといふ荷物かな　尾堂燁

つくつくし終《つい》のひところ吾《われ》に鳴く　堀元美恵

爽やかやシャツに六つの貝ボタン　吉野さくら

敬老日紅葉マークで走りけり　廣井公明

アフリカの夕日を思ふきりんの子　松澤ふさ子

（平成十八年「河」十二月号）

4　水銀の夜

振り出しに戻りたき日のレモンかな　　北村峰子

同時作に、

現在地たづねてをりぬ草の絮

生臭いままで終はらむ葉鶏頭

があり、どの句も切実だ。「草の絮」は、秋草から出た穂が、ほうけて綿状になったさまである。つまり、草の絮は北村峰子の現在地そのものである。葉鶏頭は、葉の形が鶏頭に似ているので、この名がついた。現実の鶏は生臭い生き物だ。葉鶏頭に託して死ぬ時も生臭くありたい、ということ。また、レモンは青春の象徴として、この詩に登場している。振り出しに戻ることだけは、双六や人生ゲームと違って不可能なこと。私自身に照らしていえば、獄中で何度振り出しに戻ることを祈念《きねん》したか分からない。全ては現在の状況を受け入れ、そこから再出発するのだ、と自分自身に何度言い聞かせたか分からない。しかも、峰子は私以上に苛酷な運命に立っている。私にできることは、彼女の一行詩に共振《ともぶ》れすることだけだ。

一行詩を峰子が作り続けることが、唯一の生の証であり、救いなのだと、私自身に言い聞かせるだけである。

赤い実に水銀の夜が明けてゆく　山口奉子

同時作に、

まあ上がれいま新米の炊きあがる
母そはの家系の出つ歯小鳥来る

いま売り出し中の俳優の松山ケンイチが、私を評して、「角川さんは表現者であり、プロデューサーですが、何よりも凄いのは、言葉が自由です。角川さんに勝てる人は、多分、いないと思います」。

「言葉が自由」であることは、魂の一行詩にとって、最も大事なことである。

何故、俳句的な言い回しを使うのか？　何故、もっと自分の言葉を使わないのか？　何故、俳句的な制約に自分を縛っているのか？　何故、もっと自分を解放しないのか？　私には不思議でならない。奉子の「新米」も「小鳥来る」の句も、なんと自由な言葉だろう。「赤い実」の句は、厳密に言って季感はあるが、季語はない。季語がなかったとしても、いいではないか。九十パーセントの「魂の一行詩」は、明らかに季語があったほうが作品として上出来だが、季語は使うのであって、縛られたのでは詩人ではない。「赤い実」には充分に秋の季感がある。読者がいかなる「赤い実」を想像するかにかかっている。そして、中七の「水銀の夜」が素晴らしい。充分に都会の霧の夜を象徴しているではないか。この一行詩が理解できないようでは、一生、詩とは無縁である。

天高し怪獣ガメラ組み上がる　川崎陽子

同時作に、

冷まじや高層ビルのアキレス腱《けん》
月光に濡れし襟足地下に入る
小脳の退屈赤い羽根揺るる

があり、いずれも面白い。「天高し」の例句としては、

天高く人間といふ落し物　上甲平谷
鼻すこし天向く少女秋高し　細川加賀

昨年の「河」十一月号で私が感銘した作品、

秋高し積木の家の建ちにけり　松下千代

がある。しかし、川崎陽子のこの自由な発想とユーモアには、どの例句も及ばない。いったい、俳人の中で誰がこの句の「怪獣ガメラ」など思いつくだろう。見事なユーモアの一行詩。私もこの句には勝てない。

義士の日や戦艦大和組み上がる　角川春樹

湯を沸かせ木枯一号来てゐるぞ　石田美保子

同時作に、

木の実独楽《ごま》いくつ作れど子の遠し

冬の月鱗一枚はがれたる

望郷の身ぬちに雁を渡しけり

があり、これらの句も全て良い。しかし、名句の数々ある「木枯」を、このように詠んだ例はない。今年初めての木枯を台風のように、一号と表現し、下五の「来てゐるぞ」がなんとも面白い。中七下五の面白さに対して、上五の「湯を沸かせ」が断然よい。川崎陽子の「怪獣ガメラ」同様に感心した。

天高く子供のやうにあるきけり　春川暖慕

同時作に、

日向ぼこ詩嚢《しのう》なかなかふくらまぬ

タイム割引待つて小春のお買物

があり、両句とも春川暖慕らしいユーモア句だが、「天高く」のような自由な発想、正しく三歳の童《わらべ》のような表現には及ばない。立ち姿も調べも良く、心暖まる類想のない一行詩。十二月の「河」東京中央支部の句会で次の句に感銘した。暖慕の句と同様の、シンプルで手放しの一行詩である。

クリスマス父と歩いた夜がある　市川悦子

種子採《たねとり》に見ゆる百年後の夕日　滝平いわみ

「種採《たねとり》」とは、春に蒔《ま》く草花の種を秋にとること。例句としては、

種採るや洗ひざらしのものを着て　波多野爽波

手の平にもんで吹きつつ種を採る　福本鯨洋

句意は、いま種を採っている自分の視野に、秋の夕日が広がっているが、百年後には再び生まれ代って、今と同様に夕日を眺めながら草花の種を採っていることだろう、ということ。中七から下五にかけての句跨《くまたが》りの「百年後の夕日」の措辞が詩的で美しい。「種採」の季語では、例句を圧倒しての代表句となろう。

百年の昼寝の覚めて戦後かな　角川春樹

秋冷のてのひらに載る中國《チャイナ》靴　酒井裕子

同時作に、

蓑虫と同じ日向に遊びをり

吊る肉の奥に角燈《ランタン》冬隣

があり、「冬隣」の句が良い。「秋冷」の句は第四十八回「河」横浜大会の嘱目吟《しょくもくぎん》。白秋と

いうほど、秋の空も水も澄んでいる。しかし、晩秋の冷やかな大気の手のひらの上の、赤い小さなチャイナ靴は目に染みるほど鮮やか。無技巧な水のような一行詩。素直な美しい句。

鼾《いびき》して大はんざきの冬ごもり　小島健

十一月の「河」東京例会で特選を取った。「はんざき」は山椒魚のこと。勿論、鼾をかいて冬眠することはない。しかし、虚でありながら、ありありと実在感をもって迫ってくる。虚が実を超えたユーモアのある一行詩。

小鳥来る潮錆しるき菓子工場　坂内佳禰

この句も、酒井裕子同様の「河」横浜大会の嘱目吟。菓子工場といえば、神戸と並ぶ横浜の洋菓子工場が思い浮かぶ。「潮錆しるき」の中七が海に近いこと、そして老舗であることを読者に想像させる。中七下五の状況を一変させているのが上五の「小鳥来る」の季語である。この季語によって、俳句三原則の「映像の復元」がなされ、中七の「潮錆しるき」によって「自己の投影」がなされている。佳吟。

鷹ひとつ流刑のごとく渡りけり　堀本裕樹

同時作に、

とんばうを仰ぐ少年兵がゐた

秋晴れやポストに魂《たま》を投函《とうかん》す

があり、いずれも佳吟。また、両句とも九月の「しゃん句会」の特選を取った。「鷹ひとつ」は十月の「河」東京例会での特選句。

この句の鑑賞に、次の私の三句が参考となろう。

流されてたましひ鳥となり帰る　『流され王』

旅にして流人のおもひ鳩を吹く　『月の船』

流刑地の扉重たく閉ぢて冬　『檻』

「鷹ひとつ」の句の根底に流れているのは、折口信夫の説である「貴種流離譚《きしゅりゅうりたん》」であろう。あるいは、キリスト教によって北方に追放されたヨーロッパの土着の「神々の黄昏《たそがれ》」が尾を引いているのかもしれないが、やはり日本の古代の神人たちの漂泊と考えたほうが正確に近い。鳥は古代「魂の乗り物」であった。鷹を荒々しい魂の象徴ととるならば、それは伝説の日本武尊であり、現実の角川春樹とも考えられる。実際、留置所と拘置所に一年三ヵ月半、静岡刑務所に二年五ヵ月と三日、荒魂《あらたま》である私は流されていた。中七下五の「流刑のごとく渡りけり」の措辞が素晴らしく、作者である堀本裕樹と読者である角川春樹の魂が共振れした秀吟。

同時作に、

もういいかいおもちやの言葉は箱の中　福原悠貴

秋光や赤いソファが売られゆく

があり、九月の「はいとり紙句会」で特選を取った。「秋光」は、季語もよく効き印象鮮明な句だが、季語のない「もういいかい」に強く惹かれる。季語のない句にもかかわらず、私の目には月光の入った子供部屋が見える。床の上のオモチャ箱から、人形たちの声が聴こえる。「もう子供は眠ったのかな? もう箱の中から出ていいかい?」

永遠のメルヘンの織りなす、こころが癒《いや》される一行詩。

冬隣素直になれぬ火がありぬ　蛭田千尋

同時作に、

包丁研ぐ秋のひかりを磨ぐやうに

雁渡るわが詩の翼信じつつ

があり、特に「秋のひかり」が良い。一方、「冬隣」の句は、この両句に比べると、かなり屈折している。「素直になれぬ火」とは、作者の「こころの火」だ。冬近くなれば、火が恋しくなる。まして、作者は鮨商の女将である。火を使うことが日常の生活《たつき》の中で、ある日、火が素直でないと感じることがあった。多分、思い通りの料理ができなかったことからきているのだろう。句意は、そうであるに違いないが、鮨商ともなれば別な解釈も成り立つ。サラリーマンではない夫は鮨職人だ。つねに作者と夫は同じ職場にいる。新婚の頃であれば別だが、お互いが認め合うことと解放されたいという思いもあるにはある。そんなある日、些細なことから口論となる。しかし、冷静になってみると、非はどうやら自分にあるのかもしれない。でも、素直になってそれを夫に言うのも癪だ。こんなストーリーが、この句を眺めていたら飛び込んできた。つまり、この句はドラマ性のある一行詩ということ。

振り返り振り返り地下三階の秋　若宮和代

同時作に、

底なしの夜となりたる烏瓜《からすうり》

ジッポの炎あそばせてゐる冬隣

があり、両句とも悪くない。「地下三階の秋」は、振り返り振り返りというリフレインが面白い。なぜなら、地上の景である秋を惜しむのではなく、地下三階にいる秋は一種の擬人化された存在となっている。地上の秋は具体的な存在として捉えられるのに対して、地下三階の秋は抽象化した存在として捉えることしかできない。しかし、作者の和代には、地下の秋がまるで人間でもあるかのように、手に触ることも、見ることもできる存在なのだ。しかも、その秋に対して、作者は何度も振り返って確認しようとしている。この面白さは、作者のこれまでの作品、例えば次の二句と比較すればよい。

人ごゑの沈まずにゐる夜のプール

銀漢に夜明けのこゑの亙《わた》るなり

肩《けん》胛《こう》骨《こつ》ばさらと鳴りぬ大枯野　長谷川眞理子

同時作に、

やほよろづの神とは大根引きながら

天高し橋水平によがるよよがる

があり、なんとも言葉が自由ではないか。正しく眞理子独特の一行詩の世界。しかし、両句とも「大枯野」には及ばない。「大枯野」の句は、十一月の「河」東京中央支部での特選句。今回の推敲された作品の原形である、次の形として投句された。

大枯野肩胛骨のばさと鳴り

原句は解りやすいが、今回の推敲された一行詩のほうが遥かに良い。つまり、詩的感性が一段と高まり、言葉が緊密になっている。句意は同じである。大枯野の中で、突然、作者の肩胛骨が羽根に変化してバサッと音を立てた、ということ。実はこの句、私自身に起きた最近の変異に似ているのだ。私の神社で、私が「全脳細胞覚醒」を祈願したところ、突然、宇宙の存在に私の祈願が聞き届けられたと確信した瞬間、私は地面に倒れ伏した。その時、身体の細胞が変化するという啓示を受けた。翌日から私の身体は寝ているだけで、胸囲が十センチ脹《ふく》れ、全身が筋肉に変化したのである。私の姿を見た周囲の人間から、盛り上がった肩胛骨から羽根が生えるのではないか、と言われたのだ。だから、眞理子の「大枯野」の句は、虚でありながら実そのものといってもよい。もっとも私の肩胛骨から羽根が生えたら、大天使ミカエルではなく、堕天使ルシフェル、即ちサタンになるに違いないが……。

冬木立鬼孕《はら》まねば木偶《でく》と化《な》る　滝口美智子

「冬木立」の句は、十一月の東京例会で特選に取った。その原句は、

初もみぢ鬼孕まねば木偶と化る

であったという。「初もみぢ」の句は、俳人なら誰でも三橋鷹女の次の代表句を思い浮かべるであろう。

この樹登らば鬼女となるべし夕紅葉

三橋鷹女は「鬼女もみぢ」の伝説に想を得ているので、上五の「初もみぢ」を作者は推敲して今回の句となったが、こちらのほうが数段上である。私の獄中句集『檻』の次の句が、美智子の句の鑑賞の参考となろう。

たましひの抜けたる木偶《でく》となりにけり

木偶とは木偶回しのことで、傀儡《くぐつ》と同じである。新年の季語で例句として、

玉の緒《お》のがくりと絶《た》ゆる傀儡かな　西島麦南

人形まだ生きて動かず偲儡《かいらいし》師　高浜虚子

二百年以上の樹木には樹霊が宿る。即ち、「たましひ」が宿るということだ。神主などに「祓い」をさせずに樹霊の宿る木を伐ると、人が死んだりする。美智子の句意は、冬木立が鬼を孕まないとただの木偶人形と化するだろう、ということ。中七下五にかけての「鬼孕ま

ねば木偶と化る」の措辞が、スピード感を伴ったドラマになっている。

空《あき》部屋を探して割りし胡桃《くるみ》かな　丸亀敏邦

同時作に、

毬《いが》とりて栗を身軽にいたすなり

空の湖《うみ》に雁の先駆けかかりけり

があり、どの句も悪くないが、「胡桃」の句は十月の「はいとり紙句会」で特選を取った。胡桃を割ってみると、時にして実の入っていない部分がある。それを彼は空部屋に見立てた。空部屋のある胡桃を現出させることでユーモアのある一行詩となった。鷹羽狩行の次の代表句が参考になろう。

胡桃割る胡桃の中に使はぬ部屋

ウォール街に残る墓場の虫時雨　西尾五山

同時作に、

国旗より赤き鶏頭天安門

みちのくの熾《おき》うつくしき牡丹焚き

があり、両句とも良い。しかし、「虫時雨」の句は、実景でありながら虚としての面白さがある。例句としては、

いま褪《あ》せし夕《ゆ》焼《やけ》の門の虫しぐれ　水原秋櫻子

がある。「虫時雨」は、たくさんの虫が鳴いているのを時雨に譬えた日本的感性の所産である。この伝統的な感性を現代のニューヨーク、それも世界一の金融のメッカに現出させた力量はさすが。

地下バーの愚者に蚯蚓《みみず》の鳴きにけり　及川ひろし

「蚯蚓鳴く」は、鳴かない蚯蚓を鳴かせた「亀鳴く」と同様の、俳句独特の季語である。例として、

蚯蚓鳴く六《ろく》波《は》羅《ら》蜜《みつ》寺《じ》しんのやみ　川端茅舎

蚯蚓鳴く疲れて怒ることもなし　石田波郷

指先より何か逃げゆく蚯蚓鳴く　沖田佐久子

などの近代俳句の佳吟が数多くあるが、昨年の「河」十二月号にも、山口奉子の次の句があって面白い。

鳴くための蚯蚓の全長ちぢみけり

及川ひろしの「蚯蚓鳴く」も西尾五山の「虫時雨」同様の現代の一行詩だが、さらに手がこんでいて面白い。季語自体にユーモアがあり、これも伝統的な季感を地下のバーに登場させ、さらにその場所を「愚者の楽園」に譬えたことによる。この句の自己投影は「愚者に蚯蚓の鳴きにけり」と断定したことだ。愚者とは作者の及川ひろし自身のことであり、自己を

客観的に滑稽視した点にある。だから、手がこんでいると言ったのだ。ユーモアのある一行詩として秀吟。

杜氏《とうじ》来る赤き手編みのチョッキ着て　佐藤佐登子

十月の東京例会で特選を取った作品。

「杜氏来る」とは、日本酒を醸造する寒冷の時期、農村から職人が出稼ぎに来ることをいうが、現代の杜氏は専門職となり、季感は失われつつある。例句としては、

宮水が来るが慣ひの丹波杜氏《たんばとじ》　中村富貴

があるが、佐藤佐登子の「赤き手編みのチョッキ着て」のほうが遥かに良い。なぜならば、「赤き手編みのチョッキ」という手触りのある表現が俳句の要と言ってよい。また「赤き手編みのチョッキ」の措辞は、杜氏が還暦を迎えたばかりであること、それも近親者から贈られた手作りであることが解るからである。さらに贈り手が妻か娘であることも充分に想像できる。ドラマ性を持った一行詩として佳吟。かつて作者は次の句で、私を感動させたことがある。

顔見世にかなふ寒さとなりにけり

名句である。

秋風や鉽力《ブリキ》の金魚迷走す　青柳富美子

「秋風」の句も、十月の東京例会で特選に取った。同時作に、

秋天へゆくからつぽの観覧車

種茄子《なす》の日を溜めてゐる佃島

があり、両句とも写生の目が働いている。一方、「秋風」のほうは、伝統的な名句の多い季語を用いて、中七下五の「鉄力の金魚迷走す」と詠った。この句も現代のドラマ性を伴った佳吟である。勿論、作品の「自己の投影」は、中七下五の措辞によって果されている。「鉄力の金魚」とは、作者の姿であり、作者が秋風の中で迷走していることを詠ったのだ。

海鳴りの止り木にゐる秋思かな　　松下由美

同時作に、

遠い橋渡らずにゐる良夜かな

晩秋の日暮来てゐる人の中

秋淋し鍵穴に合ふ鍵がなし

冬日さす午前十時のカフェの椅子

「遠い橋」「晩秋」「秋淋し」は十月の「しゃん句会」の特選並びに秀逸を取った作品。「海鳴り」「冬日さす」は「河」横浜大会の嘱目吟で特選並びに佳作を取り、「海鳴り」の句は、全国大会で堂々の第二位となった。どの句も良いが、特に「海鳴り」の句は、私の俳句三原則「映像の復元力」「リズム」「自己の投影」を実践した作品。「秋思」「秋淋し」の例句として

は、

秋淋し綸《いと》を下ろせばすぐに釣れ　久保田万太郎
爪切れど秋思どこへも行きはせぬ　細見綾子
海荒れのまま暮れわたる秋思かな　村田脩

があるが、どの句もたいしたことはない。むしろ、松下由美の句のほうが、例句よりも遥かに良い。私の最近作に次の一句があるが、「秋思」「秋淋し」の句としては、私の作品が一番よいように思われる。

とある日の水うつくしき秋思かな

松下由美の「秋思」の句は、横浜港に近いバーの風景。作者の座っている止り木に、幽《かす》かながらも潮騒が聞こえている。その風情が、作者の寂寥感を導きだした、という句意である。実景としては確かに横浜であろうが、私には荒涼としたポルトガルの海のバーが目に浮かんできた。そこは暗い海岸である。この地に一つの碑《いしぶみ》が建っている。いつ建造されたか不明なのだが、古代より多くの旅人がこの碑を眺め、寂寥感にかられた、と伝えられている。銘はこう書かれている。

「ここに地終わり海始まる」

私が映画化する「蒼き狼」の原作は、森村誠一さんの『地果て海尽きるまで』だが、題名の由来はポルトガルのこの碑文「ここに地終わり海始まる」から取った。松下由美の「海鳴り」の句は、四十年前にこの地に旅した私自身の孤独が、作品化された一行詩として感銘した。

秋郊や馬穴《ばけつ》で洗ふスニーカー　山田友美

同時作に、

雁ゆきて座敷童子《ざしきわらし》の夜となりぬ

青空のやがて火の色ななかまど

秋郊やきのふの空が落ちてくる

があるが、全て十月の「はいとり紙句会」の作品。「馬穴で洗ふスニーカー」で私の特選を取った。「秋郊」「秋の野」の例句としては、

秋郊の葛の葉といふ小さき駅　川端茅舎

秋の野に鈴鳴らしゆく人見えず　川端康成

などがあるが、どの例句を眺めても寂寥感が漂っている。その点、山田友美は現代の少女らしく、実に新鮮、そして句に勢いがある。川端康成の作品は、彼がノーベル文学賞を受賞した折に作られた。この句はユーモアに富んでいて、野（ノー）鈴（ベル）が掛《か》け詞《ことば》になっている。

だまし絵のドアの向かうに亀鳴けり　鈴木季葉

鈴木季葉は「だまし絵」のこの一句で「河」の横浜全国大会で私の特選を取った。作者は

画廊を営んでいるので、「だまし絵」を熟知している。「だまし絵」とは、見方によってさまざまな絵柄に見えるように描いた絵のこと。そのだまし絵の中のドアの絵の向こうから亀が鳴いている、という句意。勿論、亀は鳴かないし、絵の中にも登場しない。虚の句である。しかし、この発想の面白さは群を抜いている。「亀鳴く」は春の季語で、ユーモアのある秀句が数多くあるが、このようなシュールな作品は類例がない。

独りとはかういふものか冬木立　小田恵子

同時作に、

眠剤の力を借りし夜長かな

がある。ずいぶん切ない句だと思っていたところ、投句用紙の裏面の通信欄に次の文が書かれていた。

この度は春樹先生の素晴らしいご本をいただきましてありがとうございました。大切に、そしてしっかり勉強したいと思っております。私こと、去る九月三日に、主人を亡くしました。これからは俳句を生涯の友として頑張りたいと思います。
どうぞよろしくお願い申しあげます。
小田恵子

眠剤の力を借りる句も、冬木立の句も、小田恵子の「いのち」を乗せた作品。無常迅速

（歳月は人を待たず、人の死の早く来ること）の思いを、冬木立に込めて一行詩に託した。それゆえに、読者である私の魂に共振れを起した。作者の無常感を詠った作品だ。一方で強い生命力を秘めた一行詩でもある。

最後に、当月集、半獣神、河作品の中から今月号の佳吟と作者名を列挙する。

蔵の中すつかり冬になりにけり　松下千代

トランクに別の国ある鰯雲　大森理恵

火のいろにあららぎ熟るる奥信濃　本宮哲郎

美濃吉の赤こんにやくや冬はじめ　渡部志登美

臘《ろう》八《はち》の彩《いろ》つくしるるあかね雲　原与志樹

先生が冬帽かむりなほしけり　田中風木

冬立つや黄色い戦ひが終はる　大森健司

うつし世を仮の世として返り花　髙田自然

鷹舞ふや地図を開きし巌の上　斎藤一骨

月の人すばるのひとよ現《あ》れませよ　井桁衣子

息子らとデモりし日々も天高し　内田日出子

関八州神立つ雲となりにけり　田井三重子

冬座敷昼を灯してゐたりけり　渡辺二三雄

白波の沖より古志の神もどる　石工冬青

秋天やわが詩の革命はじまりぬ　梅津早苗

冬隣母につけたる迷子札　相澤深雪

呑み込むといふ小春日の嘘八百　青木まさ子

身勝手な冬の入り来る自動ドア　有我重代

十六夜や熊の跳び出す玩具箱　片山白城

コーラ缶片手でつぶす文化の日　西川輝美

立冬の肌着のはじく静電気　中野彰一

冬どなり百円ライター灯しけり　西澤ひろこ

冬銀河見えてるものを見落として　菅城昌三

忽然とわたしが消えて鰯雲　尾堂燁

父の座を探す勤労感謝の日　林風子

コスモスやくやしいけれど君が好き　中川原甚平

（平成十九年「河」一月号）

5　貴様どこかで

たましひも百円ショップにありますか　北村峰子

同時作に、

流星の尾を摑み損ねてしまふ
凩よりも蒼きもの抱き枯野道
菌糸体のごとき結界張りて冬

があり、言葉に緊迫感がある。「結界」という題の最後に「たましひ」の句が、置かれている。作者が北村峰子ではなく、一句だけ「たましひ」の句があっても、ユーモアのある句として取り上げたであろう。しかし、感覚がますます鋭敏になった峰子の作品群が並んだ後に、まるで忘れ物のように放置された「たましひ」の句は、さりげない句にもかかわらず、ぐさりと私の魂に突き刺さってくる。肉体が消滅しても確かに魂は存続する。魂が百円ショップで売られることを想像してみる。色は人それぞれによって違うかもしれない。三年前の獄中で体験した私自身の魂は、透明なブルーの球体で光を放っていた。赤い魂も、青い魂も、白い魂も、あるいは黒い魂も一律百円で売られる光景は、刺激的でもあり、詩劇的でもある。今回も私の魂に共振れした峰子の一行詩。勿論、季語はない。

初春のバーゲンセールに魂《たま》もあり　角川春樹

来し方に冬の花火の鳴りにけり　石田美保子

同時作に、

手放しで泣けてくるんだ冬夕焼

液晶の光にねむる寒さかな

岬の鷹淋しくなれば下りて来よ

鮟《あん》鱇《こう》鍋敗者のもどり来たりなば

があり、特に「岬の鷹」が良い。五年前の五月、私は八王子医療刑務所に収監されていた。終日、ベッドに拘束されていた頃、五月四日の寺山修司の命日を迎えた。さらに、獄中離婚を決意しなければならなかった時期と重なり、交友のあった寺山を思いながら、いつか自由となる日を夢見ていた。寺山の代表句である次の作品が私のこころを占めていた。

目つむりていても吾を統《す》ぶ五月の鷹

五月の鷹は、獄中の私にとって強烈な憧れでもあった。獄中句集『海鼠の日』には、おびただしい「五月の鷹」の作品の内、一句だけ収録されている。

五月の鷹翔《か》けて烈日落しけり　『海鼠の日』

獄中の作品は、三千句に達している。未収録の「五月の鷹」の句の内、次の作品がある。

五月の鷹淋しくなれば翔《か》けるかも　角川春樹

美保子の作品「岬の鷹」は、私の作品と同様に中七に「淋しくなれば」が置かれている。この淋しさは、実は鷹そのものではなく、私と同様に作者自身の淋しさなのだ。中七下五の「淋しくなれば下りて来よ」に作者の自己投影がなされている。

一方、「冬の花火」の句は、季語自体が作者の寂寥感の象徴となっている。そして、作品全体に、見事な自己投影がなされ、作者の現在地がはっきり示されている。作者の過ぎてきた時代に冬の花火が鳴っているという表現は、美しい「いのち」の一行詩となって成功した。秀吟である。

寂寂と真冬のさくら通りかな　酒井裕子

同時作に、

ダンベルの一・五瓩《キロ》暮れ早し

があり、この句も良い。しかし、「真冬のさくら通り」の句は、作者一代の名吟といってもよい傑作である。「さくら通り」や「銀座通り」などという商店街は、日本中至るところにある。そして、その固有名詞とは裏はらに、概してうら寂しい存在なのだ。大型店舗が自由競争という美名のもとに進出し、外資系の店舗が地元の商店を食い潰してゆく。上五から中七にかけての「寂寂と真冬」という措辞が、「さくら通り」という名だけの「晴」に、見事な対比をなしている。

冬至南瓜いくたび修羅を経て来しや　高田自然

同時作に、

抵抗こそよからぬ冬薔薇《そうび》

胸内の時雨やまざる有情かな

生きるとは狂気に似たり寒の菊

があり、「冬至南瓜」の「修羅」の内容が垣間《かいま》見えてくる。昨年の「河」九月号で、神戸恵子の句に触れて、次のように批評した。

詩人の辻井喬氏が私の『角川家の戦後』に関連して、詩作品に修羅がいるかどうかという物指しが現代詩の中で失われた、と言い、さらに詩人の胸中に修羅が静かにうずくまっていなければならない、と断言した。辻井喬氏のこの詩に対する指摘は正しい（略）。

高田自然氏の作品「冬薔薇」も「時雨」も「寒の菊」も、作者の胸中の修羅がうずくまっている。静かどころか、あらわにだ。「冬至南瓜」の季語は、日常の平安の象徴である。しかし、作者の胸中の修羅は、「平和で静かで孤独な」日常に激しく抵抗しているのだ。私は作者の「静」と「動」の緊迫した危機意識に激しく共鳴した。

貴様どこかで生きているんか冬桜　田中風木

同時作に、

小 六 月 水 族 館 で 若 返 る

枯蟷螂日々なにもせず何もせず

があるが、「冬桜」の句は、今月号の六句の中で、激しく不協和音を立てている。他の五句の、どれとも馴染まない鮮烈な作品。少なくとも、従来の俳句とは完全に断絶している。本年の「河」一月号で、山口奉子の作品に触れて次のように書いた。

「言葉が自由」であることは、魂の一行詩にとって、最も大事なことである。

もう一つ昨年十月三十一日の読売新聞の「魂の一行詩」から引用する。

森澄雄主宰の「杉」九月号に、「心を詠う」と題する一文があり、私は激しく共感した。「ぼくは毎月のように、言葉を飾ったら駄目、もとの素直な人間の心で詠わないといけない、という話をしているが、いっこうに聞いてくれない。（略）自分の大事な心を忘れ、ただひたすらに言葉を操ることに専心してしまう」

言葉を飾らずに心で詠うこと、この一文は正に「魂の一行詩」そのものの要《かなめ》ではないか。
「河」一月号の批評の続きを引用する。

　何故、俳句的な言い回しを使うのか？　何故、もっと自分の言葉を使わないのか？　何故、俳句的な制約に自分を縛っているのか？　何故、もっと自分を解放しないのか？

田中風木氏の「冬桜」の一句は、昨年の「河」二月号の私の次の一句に通底する。

　ゆく年のバスはもう行つてしまつた

「冬桜」の本意は、次の例句が示している。

　寒桜おのれさみしみ咲きにけり　　森澄雄
　寒桜人もをらずに咲きにけり　　大峯あきら
　つくづくと淋しき木なり冬桜　　角川春樹

「冬桜」は「晴」ではなく「褻《け》」である。上五中七の「貴様どこかで生きているんか」は、強烈な表現。「動」である。「冬桜」は「静」である。私の句のように、「つくづくと淋しき木」である。「貴様」という存在が、どのような生き様の人物であるのかは、作者以外にはうかがいしれない。しかし、解らなくともよい。作者が友情を、あるいは愛情を込めて「どこかで生きているんか」と問いかけることで、充分に作者と「貴様」との距離感は納得できる。

極月のジングル・ベルに紛れけり　佐野幸世

田中風木氏の強烈な一句の後に、佐野幸世の「極月のジングル・ベル」は正直いって、ほっとする。句意は説明するまでもないが、下五の「紛れけり」が良い。紛れることに「群衆の中の孤独」を感ずるのではなく、むしろ安堵するような風情がある。私の獄中句であるが、一行詩集『朝日のあたる家』の次の一句を参照していただきたい。

六月の中の一人となりゆけり

見過《みす》ごされがちな句だが、一人の平凡な男として生きていきたいと、獄中で思い続けた時の一句である。

晩秋のサーファーひとり火を作る　堀本裕樹

同時作に、

黄落や電話ボックス灯りをり

があり、この句も素晴らしい。「黄落」の句は、今、私が目指している「澄んだ水のような一行詩」の世界である。私の「河」の今月号の次の作品と比較してほしい。

人のゐる窓のあかりも冬に入る

無技巧、無内容の水のような一句といってよい。「晩秋のサーファー」の句もそれに近いが、こちらはむしろ「一句のドラマ性」ととらえたほうがよい。ひとりのサーファーが冷たくなった海水から上がってきて、流木に火を熾している。それは絵画的とも映画のワンシーンとも考えられるが、ひとりのサーファーの素顔がくっきりと浮かび上がってくる。「映像の復元力」の効いた一行詩。

十一月ラジオで絵本読んでゐる　福原悠貴

ラジオのパーソナリティが名作の絵本を朗読している。句意はそれだけだ。ラジオを聞きながら、絵本を読んでいる訳ではない。とすると、不思議なことではないか。なぜ、作者はラジオから流れる声が絵本と解るのか。童話ではない。絵本と言っているのだ。アンデルセンの『絵のない絵本』ではないか。ラジオから流れてくる声は絵のない絵本を朗読している、というドラマ性がこの句の正体である。

立冬や過去は白い野球場となつた　鎌田俊

同時作に、

着ぶくれて壁にボールをあててをり

があり、この句も佳吟。そして、「着ぶくれて」と「立冬」は、兄弟句なのだ。鎌田俊が着ぶくれて壁に当てているボールは野球ボールである。作家の中上健次にとって、文学のキー・ワードは「路地」と「夏芙蓉」であったように、鎌田俊にとっての過去が「野球」であったとは、意外である。「白い野球場」は、高屋窓秋の次の代表句があぶり出されてくる。

頭の中で白い夏野となつてゐる

高屋窓秋の句も、過去の光景である。鎌田俊の「白い野球場」も、俊の頭の中の過去の白い光景となっている。「立冬」の季語は、夏が過去のものであるという、「過去」を強調する象徴として選ばれている。

立冬の麒麟《きりん》首より燃えはじむ　長谷川眞理子

同時作に、

凍鶴も走る途中の犀もゐる

十三夜松明と蛇もたせやる

長谷川眞理子の句について私が感じるところは、サルバドル・ダリのシュールな絵を一行詩に仕立てた作品ということだ。どの句もそうだ。それが、他の作家と全く異った光を放っている。彼女の感性は、誰も模倣することができない独自の世界である。「立冬」の句は、冬夕焼の動物園。麒麟の長い首は真っ赤な夕日に包まれている。この動物園はうらさびれている。なぜなら、「立冬」という季語から受ける感触は、寒さよりも、うら淋しさの象徴と思えるからである。だが実景としての冬夕焼に立つ麒麟ととるより、作者の意図するところである、マッチ棒の先の燐が発火するように、麒麟の頭部が燃えている光景を想像してほしい。それも写真の合成ではなく、シュールな絵画として。それが長谷川眞理子の一行詩の世界であるのだから。

指めがねの向かうあかるき冬木山　　板本敦子

同時作に、

終点は濤音クリスマスケーキ

がある。この句の場合、クリスマスではなく、クリスマスケーキを持ってきたところが手柄。「冬木山」の句は、さらに手がこんでいる。「雪めがね」ではなく、「指めがね」としたところが見事。「指めがね」をして見える景は、現実の光景とは別の世界。しかし、この別の世界は現実界と溶け合っている。中七下五の「向かうあかるき冬木山」の措辞は、作者の憧れの景である。作者は童心に返って「指めがね」をしてみた時に、一瞬にしてこの一句を得た。

キスチョコを買つて勤労感謝の日　　神戸恵子

十一月二十三日の祝日である勤労感謝の日は、例句としても名句が少ない。

何もせぬことも勤労感謝の日　　京極杜藻

汐桶に海いろ勤労感謝の日　　角川源義

囚人《めしうど》に勤労感謝の日の納豆　　角川春樹

芥焚く勤労感謝の日の渚　　酒井裕子

母のエプロン壁に勤労感謝の日　　朝倉和江

朝倉和江の句が一番良いが、どうしても勤労という言葉に意味を持ちすぎてしまう。私の句は、刑務所にあって祝日は労働のない、免業日という刑務所独特の言葉が背景にあっての作品。この日は一つだけ菓子が出る。神戸恵子の作品は、ウイットに富んでいて、勤労感謝の意味から遠く離れていて面白い。しかも、神戸恵子にしては、彼女独特の民俗学的背景を持たず、せいぜい二十代の女性が作りそうな句。それが私の意表を衝《つ》いた。この句を眺めながら、私にならキスチョコの代わりに何を買えば面白くなるかとしきりに考えさせられた。結局、次の一句となった。

恋文を貰ふ勤労感謝の日　角川春樹

ロボットがピアノ弾いてる十二月　梅津早苗

同時作に、

黄落や修司がダリに出会つた日

がある。この句も意外性があって面白い。「十二月」の句も、同様である。現実にロボットがピアノを弾いている景があったのかもしれないが、それはそれでシュールな感覚だが、私には実景と思えない。むしろ、ロボットのごとき無機質な感覚を作者は提示したかったのか。私の最近作に次の句がある。

歳晩の自動ピアノが鳴りにけり

私の句は、歳晩のうら淋しい都会の一コマ。自動ピアノが鳴り続けているわびしさだ。早苗の句は、近未来の都会の淋しさを詠った作品として、受け止めることにしよう。

十二月八日象のはな子の孤独かな　　青木まさ子

今月の投句で最も多かったのは、十二月八日の開戦日の作品。「象のはな子」の作品としては、鎌田俊の次の作品があり、その批評を再録する。

象ハナ子春のパラソル開きけり

戦後間もなく、初代の象ハナ子はインドのネール首相より、敗戦に打ち沈んでいた日本に贈られた。当時、「りんごの唄」の流行と共に、日本人に希望を与えてくれた明るいニュースだった。

（「河」六月号）

まさ子の句は、上五中七下五が時間経過として表現されている。開戦、戦後、現在という訳だ。下五の「孤独」が現在の象徴。初代ハナ子は、現在も井之頭動物園に飼われている。勿論、象ハナ子の孤独は擬人法である。佳吟。

コンビニで買ふコンドーム開戦日　　角川春樹

冬の日の駅頭で買ふメロンパン　　鈴木琴

同時作に、

歳晩や天気予報の雨が降り
数へ日の飛行機雲を追ひにけり

がある。しかし、圧倒的に「冬の日」の句が良い。私は常々、日常の中のドラマ性について書いてきた。鈴木琴の「冬の日」の句は、正にそうなのだ。「冬の日」は「クリスマス」や「開戦日」や「義士の日」のように特別な日ではない。とある冬の日だ。作者はどこかの駅の売店でメロンパンを買った。句意はそれだけだ。しかし、下五の「メロンパン」を登場させたことによって、この句は見事な一行詩となった。

手首のみ冬日に出して鉄格子　角川春樹

鯛焼の列に並んで一個だけ　春木太郎

同時作に、

十二月八日の朝寝朝湯かな
小春日や人生ときどき五七五
おでん屋のおでんロックンロールかな

春木太郎氏といえば、「河」の人間なら必ず次の句が浮かぶ。名句といってよい。

回らないおすしを食べにクリスマス

私の周りの「河」の詩人たちは、どれだけ春木太郎氏の作品を覚えているかを競っている。彼が河新人賞を受賞した時、私は次の句を東京中央支部の句会で出したが、取ったのは鎌田俊だけだった。

浴衣着て回るお寿司を食べてゐる

私の句は現実である。春木太郎氏の「鯛焼」も実景であろう。鯛焼の人気の店に作者が行くと、案の定、行列ができている。名物とあって、一人一個と限定されたのか、あるいは行列に並んでも、それを一緒に食べる人間はいないとあって一個ですましたか。多分、後者であろうし、そう解釈するほうが詩としての深まりがある。つまり、ユーモアの底流に作者の孤独感といえば大仰だが、確かなペーソスがあるからだ。

藁束を兵に冬キャベツを慰安婦に　滝口美智子

同時作に、

わが帆にはあをこがらしを充たすべし

ゴスペルを聴く深霜になりさうな

がある。「冬キャベツ」の句は、勿論、風刺ではなくユーモア。別に慰安婦問題を提示している訳ではない。藁束は兵の褥となり、冬キャベツは慰安婦の食を満たす、ということ。冬ばらでなく、冬キャベツであるのが面白い。

毛皮着て人喰ひにゆく乳房かな　藤田美和子

この句、東京中央支部の十二月例会で出句され特選を取った。その折の私の選評を、杉林秀穂氏が句会報で左のように引用している。

人を喰うと言うから、西澤ひろこかと思った。この句からは何か怖さを感じる。しかし、私は怖い女も嫌いではない

西澤ひろこを例に出したのは、ひろこの次の句の選評から。

蟷螂の恍惚《こうこつ》として枯れゆけり　西澤ひろこ

ひろこの作品の魅力は「かまきり」が恍惚となって枯れてゆくという、類想のない表現力にある。しかし、ひろこは恍惚として枯れるどころか、若手の鎌田俊などを従えて、雌《し》雄《ゆう》交尾中、また交尾後の雄を食ってしまう雌《めす》かまきり。

引用した批評を読んでいるうちに、藤田美和子の「毛皮着て」は作者の自画像でも、「虚」でもなく、西澤ひろこを詠んだ句に思えてきた。読者には、西澤ひろこは偉大な乳房だとだけ言っておこう。

討入りやヒューズの切れし魂《たま》ひとつ　松下由美

花八手わが名を覚えしオウム鳴く

歳晩や銀河を背負ひ泳ぎゐる

があり、花八手の句が良い。「討入の日」または「義士の日」は、十二月十四日、赤穂四十七士が吉良上野介邸に討入り、主君の浅野内匠頭の敵討をした。十二月十四日は母・照子の誕生日とあって、獄中でも何句も詠んだ。

討入りの耳あたたかき日なりけり　　角川春樹

十二月の「しゃん句会」の兼題が「討入の日」で、私は次の作品を投句した。

義士の日や戦艦大和組み上がる

討入りの夜の煮凝《にこご》りの課長補佐

松下由美の句が巧みなのは、ヒューズが切れたのは電灯の球ではなく、人間の魂《たま》だという措辞である。こうなると四十七士も義士ではなく、魂《たま》のヒューズが切れた愚士となってしまう。しかし、作者は討入りの挙を風刺した訳ではなく、彼女の周辺にいるある特定の人物を思い浮かべてのことであろう。一昨年の十一月に「しゃん句会」がスタートして、わずか一年半の間に、松下由美の一行詩は驚くほど進化した。

着ぶくれてジャズ聴くための列にをり　　朝賀みど里

同時作に、

聖樹豪華に空虚を燈す五番街

レノン忌の馬車の毛布の赤い色

怪人のマントがダコタハウスに消ゆ

「レノン忌」を季語として使用したのは、私の『信長の首』が最初だった。その後、「河」の若手から一般の俳人までが「レノン忌」を好んで使用するようになった。一行詩集『角川家の戦後』のなかにも、次の一句がある。

レノン忌の冬の夜空に発砲す

勿論、この句は、ジョン・レノンがダコタハウスで射殺されたことを踏まえている。朝賀みど里の今月号は、ニューヨークの当時を回想しての作品群となっている。「着ぶくれて」ジャズを聴くための列にいる、という光景はグリニッジ・ヴィレッジを中心とするいくつかの店の名が浮かぶ。私の監督した「キャバレー」は、ジャズ映画だった。そのため、カメラマンの仙元誠三氏とニュー・オリンズやニューヨークに長期滞在し、ジャズを演奏する店をかたっぱしから回ったものだ。冬のニューヨークは寒い。オーバー・コートの下にも着込むことになる。朝賀みど里の「着ぶくれて」は、「映像の復元力」の効いた一行詩。

極《ごく》月《げつ》の扉を開き皇帝来　川越さくらこ

同時作に、

屈葬のごとくに落穂ひろひけり

があり、この句にも惹《ひ》かれたが、「極月」の句のインパクトが断然よい。私の最近作に、次の一句がある。

皇帝が白い廊下に立つてゐる

私の皇帝は、現実の天皇のことではなく、歴史上の人物、神、独裁者などの多様な存在であり、また冬の漢名である玄帝《げんてい》、冬帝などのイメージをも含んでいる。川越さくらこの「皇帝」は、上五中七の「極月の扉を開き」とあるので、玄帝がやって来たの句意だろう。しかし、句全体から受けるイメージは季節の到来を詠っただけというより、極月の扉を開いて現れたのは、正しく皇帝と呼ぶに相応《ふさわ》しい存在なのだ。しかも凶々しい存在。例えば魔王といったイメージだ。さくらこの「極月」の句は、不吉な美しさを持った一行詩と解釈した。

抽斗《ひきだし》の奥の鯨《くじら》がうふふふふ　山田友美

十一月の「はいとり紙句会」で特選を取った句。兼題が「鯨」。私の投句は、

銀漢に鯨の遊ぶ縄文紀

水晶の夜空に契《ちぎ》る鯨かな

山田友美の「鯨」の句は、坪内稔典の次の代表句が頭を横切った。

三月の甘納豆のうふふふふ

稔典の上五の季語「三月」と中七下五の「甘納豆のうふふふふ」とはなんの関係もない。山田友美の句も、なぜ「抽斗の奥の鯨」が「うふふふふ」なのか、正直、説明がつかない。おそらく、山田友美は読者の想像にまかせて放り出した作品に違いない。しかし抽斗の奥に鯨がいるといった断定が面白く、その鯨が笑っているというのは不気味だ。シュールな絵画

的な一行詩というのではなく、ブラック・ユーモアに満ちた一行詩。

義士の日やシャンプー台に首預け　浮田順子

東京中央支部十二月例会で特選を取った。また多くの参加者から支持された作品。句意は明瞭だ。義士の討入りの日に美容院に行って、シャンプーしてもらった、ということ。この句が最高得点を取った理由は、吉良上野介の首にかけて「シャンプー台に首を預けた」という措辞に尽きる。なんとも可笑しく、そして巧みな一行詩。

冬籠りヤプーのやうな息を吐く　松村威

ヤプーとは沼正三の『家畜人ヤプー』のこと。いわゆるSM文学だが、三島由紀夫が絶讃した作品。一種SFファンタジーともいえるが、不思議な小説だった。一時、ベストセラーとなったが、出版元が倒産して、すぐさま当時の角川文庫に収録することになった。私が当事者だった。ヤプーとは日本人のことを指している。松村威の作品は、従来の俳句には登場しない一行詩の世界。勿論、作者は冬籠りをしてヤプーのような息を吐いている訳ではない。だが、自分を卑下しているのではなく、自分を滑稽視したところが一行詩として成立した。それにしても、自分の譬喩《ひゆ》としてヤプーを出したのは非凡である。魂の一行詩は例えば、松村威のヤプーのように、言葉が自由でなければならない。私の次の句をもって、今月の河作品抄批評を終えることにする。

火を焚いて自由な言葉で詩を詠みぬ
今月号の佳吟と作者名を列挙する。

風花や一人と二匹こともなし　滝平いわみ
電子レンジもポットも唱ふ聖夜かな　春川暖慕
納め句座なり一席を取るつもり　渡部志登美
紅梅であつたかもしれぬ裸の木　林佑子
セーターを脱ぎつつ嘘のすらすらと　田井三重子
ひとひらの雲より昏るる十二月　松下千代
ただならぬ世ぞ九条の金屏風　斎藤一骨
裸木や呼べど叫べど父現《あ》れず　大森健司

太刀魚《たちうお》の銀の光りを切り落とす　坂内佳禰

極月の虚空を廻る籠の栗鼠《りす》　西川輝美

狐火の何かくべられ盛んなる　丸亀敏邦

脱北や雪深くなる深くなる　木本ひでよ

冬林檎痺《しび》れるほどの未来欲し　宮京子

極月や買つて来るぞと帯締めて　末益手瑠緒

義士の日のノブの弾きし静電気　中野彰一

地吹雪のジャック・ラカンを読《よ》みたまへ　鎌田正男

凩やピアス男はニートである　石山秀太郎

カプチーノの泡ふんはりと冬立てり　西尾五山

雨の日の十一月を歩きけり　若宮和代

熱燗や遠くの海に魚寝まる　澤佳子

冬の雁失せし片羽根さがしゐる　浜谷栄子

ラグビーのボールに歌を歌はせろ　木下ひでを

バスが来ておしくらまんぢゅう終はりけり　大多和伴彦

鬱《うつ》病《びょう》の医者が冬日を歩きけり　伊藤実那

夕時雨あなたのために化粧して　栗山庸子

しぐるるや青いガラスのインク壺　玉井玲子

平日の木枯来たる美術館　菅城昌三

ポインセチア人それぞれの闇に帰す　小田中雄子

お揃ひのマフラー捲いてくれますか　鈴木季葉

クリスマス父と歩いた夜がある　市川悦子

凩やナイフのやうな私がゐる　岡田滋

人泣かせ手酌で新酒飲んでをり　前原絢子

数へ日や夫《つま》のピラフの旨かつた　岡本勲子

白日の落葉の中にゐてひとり　前迫寛子

幸せのかたちいろいろおでん煮る　加賀富美江

遺伝子の開かぬままに雪降り積む　山仲厚子

伊東屋に買ふぽち袋一葉忌　山田絹子

（平成十九年「河」二月号）

6　開けつぱなしだ

耳ふたつどこへも蹤《つ》いてくる寒さ　林佑子

同時作に、

獅子舞の地に伏し人に戻りけり

があり、この句も面白い。「耳ふたつ」は、一行詩としても俳句としても、顔のさまざまな部位を詠うことによって、悲哀や滑稽を強調する方法として有効だ。例えば、私の最近作に次の一句がある。私の誕生日である一月八日を「海鼠《なまこ》の日」と獄中で命名したが、これはいつの日か訪れる忌日とし考案したものだ。

耳ふたつ夕焼けてゐる海鼠かな

勿論、海鼠とは私のこと。獄中でわが身を客観視した滑稽さだ。ついでながら、一月七日の東京中央支部の例会で次のような投句があった。

虚と実の間《はざま》に生きて海鼠かな　西澤ひろこ
悪辣《あくらつ》な詩を詠んでゐる海鼠かな　角川春樹

二句とも、角川春樹の肖像画である。林佑子の句も、厳寒の札幌に住む作者の自画像を滑稽視した一行詩。中七下五にかけての表現も巧みである。

　雪女郎布石しっかり打ちもして　北村峰子

同時作に、

　新しき年が降り立つ右手かな
　三日はや猫が家出をしてしまふ
　神様の死角にをりて吸入す
　水仙やまつ正直も罪なこと
　寒鴉途方に暮れてゐたりけり

があり、特に「新しき年」が良い。一連の句は「布石」という題である。峰子にとっては、「雪女郎」の句に自信もあり、私の批評を受けたいと思っている。正直、「雪女郎」の句は、胸が詰まり、批評を書くことも一晩躊躇《ためら》った。だから、当初は「新しき年」の句の批評を書くことにしていた。新しい年を迎えて、一行詩を自らの右手で書くことが、まだ出来るという芽出度《めでた》さと一句の品格に惹《ひ》かれたからである。私が制作した映画「男たちの大和」の中で、臼淵磐大尉の言葉として、「生きる覚悟」と「死ぬ覚悟」という科白を書いた。別に色紙に書くこともないが、この言葉は、私の座右《ざゆう》の銘だ。生涯不良を宣言する、私の本心といってもよい。峰子の「新しき年」の句は、まさに「生きる覚悟」の句である。一方、「雪女郎」の句は、峰子の「死ぬ覚悟」と解釈したことで、この句の批評を避けようとする心理が働いたためである。次の句は、今月号の投句である。この句も頭にあってのことだ。

冬のブランコ北村峰子の現在地　角川春樹

しかし、一晩、考えた末、やはり句としても一番良い「雪女郎」を取り上げるべきだと心が固まった。たしかに中七下五の「布石しつかり打ちもして」は、一見、「死ぬ覚悟」と受けとられかねない。しかし、峰子は自分自身を「雪女郎」に象徴させている。これは獄中の私自身の「海鼠」と同じではないのか。であれば、「雪女郎」は「海鼠」と同様の、現在の状況を客観視し、滑稽視したことに他ならない。つまり、ユーモア句として、一段高い境地に、作者は到達しているということだ。

人吊らされてゆく朧夜のエレベーター　大森理恵

同時作に、

春よ来い狐の耳が濡れてゐる
女人高野ショールに鬼を隠らせて
月と歩く十歩に草の青むかな
物の怪が雛の灯ゆらし遊びたる
比良八荒スリッパ赤に履き替へて

があり、どの句も面白い。この面白さというのは、現実界の揺らぎにある。例えば、舗装された道路の下に、古代の闇が息づいているようにだ。現実と非現実とが背中合わせに存在し、非現実の奇妙な貌が、音もなく現実界の壁を突き抜けて来る感覚だ。そこに大森理恵の詩の世界がある。つまり、奇妙に歪んだ現実界ということ。「朧夜のエレーベーター」が、人を吊っている光景を想像するとよい。このエレーベーターはガラス張りだ。外の夜空にある月は、奇妙な形に歪んで見える。エレベーターの乗客は全て、月の引力で天井に引っぱられている。まるで空中の見えざる手が、人間の首をエレベーターの天井に吊しているという光景。しかも、人間達の表情は、不思議な笑みを浮かべている。極論を言えば、作者の魂が病んでいるような世界。そこに理恵独特の現代詩が生まれ出てくる。

冬の水大悲の水でありにけり　田井三重子

同時作に、

男より真赤な手毬《てまり》わたさるる

があり、「真赤な手毬」の色彩感と映像の復元力に惹《ひ》かれたが、こちらのほうが解り易い分、詩の奥行きが浅い。一方「冬の水」のほうは、一句が凛として立ち上がっている。「大悲」とは悲しみではなく、慈悲である。仏教における「愛」の真髄である。獄中生活の二年五ヵ月の間、私は毎日経典を唱え、仏に祈りを捧げてきた。仏教の経典は、釈迦入滅のかなり後になって成立した。新約聖書はキリストの死後、四、五〇〇年たった後にギリシア語版として成立したのと同様である。どこまで釈迦の真実を伝えているかといえば、そのほとんどが伝説であり、真実はほとんどないと言っていい。その中で、唯一信じられる釈迦の教えとは、「慈悲」である。つまり「大悲」ということ。ならば、何故、作者にとって、「冬の水」が大悲の水であるのか。厳密にいえば、その答えは作者の中にしかない。しかしながら、この句が私の魂に共振れするのは、何故か。冬の水が人間を救済する慈悲となった、という作者の感受性を、文字どおり私も受けとめる所から出発する。

例えば、観音像の中に、しばしば薬や水を入れる瓶を左手に持つ像を見出すことがある。瓶の中の水や薬は人間を救うための「慈悲」そのものの具象化である。であるならば、読み手の飛躍を承知して言えば「冬の水」は、仏の大悲の具象化と言えなくもない。冬の澄んだ冷たい水は、作者の田井三重子にとって、自然界が人間にもたらす救いであり、恩寵だと感じたことを、読者も私も感じとればいい。私が一行詩の目的地として目指している「澄んだ水の器の一行詩」の世界を、先取りした秀吟。勿論、無意識、無内容の一行詩。

初夢は任天堂のゲームのなか　　山口奉子

同時作に、

紐あると首吊る鬼のゐて木枯

冬の家麻酔に落ちてゆくごとし

北風よ汚なきものは置いてゆけよ

革ジャンが店の名前を探しをる

があり、特に「北風よ」が面白い。だが、面白さという点では「初夢」の句のほうがさらに面白い。初夢の例句としては、

初夢の唯空白を存したり　高浜虚子
手応へのなき初夢でありにけり　能村登四郎
初夢のなかをわが身の遍路行　飯田龍太
初夢の勃起しばらくつづきをり　本宮哲郎

などがあり、特に本宮哲郎の句が面白い。しかし、山口奉子の句は全く類想がなく、任天堂のゲームのなかに自分がいるというのは、現代的であると同時に、近未来のＳＦに近い。ゲームの中のコマンダーが自分であるという着想は、サイバーパンクの手法で、映画でいえば、「トロン」「マトリックス」の世界。任天堂のゲームの中でも、句会の投句で選句された時に発する、例の可愛い声（見方によっては、すっとんきょうな声）で「奉子でーす」と叫んでいるに違いない。

初風に翻りたる家族かな　小島健

作者の小島健には、初期のころより家族を詠った秀句が多い。例えば、

くりくりと髪刈つてさあ夏休
にぎやかな妻子の初湯覗きけり
うたたねの妻に夕顔ひらきけり

等があり、特に「夕顔」の句は小島健の代表作と言ってよい。「初風」の句は、久々に家族を詠っての佳吟である。中七の「翻りたる」が、家族賛歌の美しい表現。平穏な正月を迎えた家族の喜びも着衣の色どりさえ見えてくる。下五の「家族かな」が特によい。「映像の復元力」と作者の「自己の投影」が効いた一行詩。

はればれと真二つに割る冬林檎　　川崎陽子

同時作に、

葉牡丹の渦自分史はまだ途中

があり、この句にも惹《ひ》かれた。中七下五の「自分史はまだ途中」の措辞が、適確で新鮮。「冬林檎」の句は、雪晴の下で林檎を割った時の、少し酸味のある匂いや二つに割った瞬間のパリッという音さえ再現されている。それもこれも上五の「はればれと」という措辞が抜群の働きを示している。

とぶものの影落しゆく白障子　　石工冬青

同時作に、

黄昏れて枯野の顔となりてくる

初日影埠頭の端まで歩きけり

がある。「白障子」の句は、一瞬に飛び立つ鳥影が白障子に映っている景。単純にして、白障子の本意本情を言い止めた佳吟。中七の「影落しゅく」の措辞が見事。日常の中の、細やかなドラマを一句に仕立て上げた。

十二月八日ドアが開けつぱなしだ　　堀本裕樹

同時作に、

ＢＡＲを出るとき冬の水揺らしけり

冬林檎しづかに受話器置きにけり

があり、両句とも「澄む水の器」の一行詩。特に「冬の水」の句が良い。十二月八日は、太平洋戦争の開戦日。この句は、昨年の「河」十二月号の、次の句と並ぶ堀本裕樹の代表作。

天皇が突つ立つてる秋の暮

十二月の東京例会で、青木まさ子の次の句と共に特選に取った。

十二月八日象のはな子の孤独かな

しかし、開戦日の句としては、堀本裕樹に勝る句は、今後もなかなか登場しないであろう。それほどの名句と言ってよい。「河」二月号の、斎藤隆顕の批評は、

この句から説明のつかない不安感が伝わるのである（略）。頭の中でいろいろな映像が浮かぶ。それはこれまで心の内に秘めている不安。この句はおそらく今に生きる誰もが抱く不安感なのではないか。解き放されたドアからどんな姿の未来が訪れるのだろう。

だが、この開け放されたドアは、作者の不安感や近代的な危機意識の象徴としてのみ表現されたわけではない。この句の批評をする前に、私の詩集や句集の中から選んだ、一連の句を参照していただきたい。

誰も居ぬ晩夏のドアを開きけり
とある日のとあるベンチの晩夏かな
六月の中の一人となりゆけり

これらの句は、日常の中のドラマ性を拒否した作品。読者がどのような想像をするかは、端《はな》から問題にしていない。どだい何の意味も持たせていない。抽象画ではなく、具象画。ただ即物的に事物も背景も置かれている。淡々と。いわば、ハードボイルドの手法にも似ているが、フランスの現代文学が提起した「アンチ・ロマン」の手法なのだ。言葉に意味を持たせないのは、現代詩や現代短歌に通じている。中七下五の「開けつぱなしだ」の乱暴な突き放した形が、特に印象的。十二月八日と開けっぱなしのドアの間には何の繋がりもないが、俳句の伝統的な二物衝撃の効果は、結果としてうまく働いている。私の句に付随して言えば、夏の終りのドア、ベンチだけが置かれている。六月の中に私が歩いている。ただそれだけだ。しかし、そこに詩や文芸も存立し得るのである。

ガラス戸のむかうは十二月十四日　若宮和代

同時作に、

花キャベツ茹《う》でても結局はひとり

があり、両句とも十二月の「しゃん句会」の特選を取った。兼題が「討入の日」「花キャベツ」だった。

「花キャベツ」の句は、勿論、作者の自画像。「十二月十四日」は、赤穂浪士四十七人が吉良上野介邸に討ち入りを果した日だ。ガラス戸の内側では、それこそ花キャベツを茹でている作者がいる。しかし、ガラス戸の向こう側には、十二月十四日がある。映画的に言えば、血《ち》腥《なまぐさ》い戦闘が行なわれている。この戦闘は四十七士の討ち入りでもよいし、現代の戦争、あるいは世相のもろもろであってもかまわない。しかし、単に十二月十四日という日が、討ち入りなどの特別な日でないほうがさらによい。つまり、単に日記的な日付けにすぎないということ。例えば、

雪しろき裾野の断片見ゆるのみ四月一日鳥海くもる　斎藤茂吉

十二月十日の昼の病床《やみどこ》に力なき蚤を一つとらへぬ　吉野秀雄

右のように日録として詩《うた》を詠むということ。十二月十四日が結果として、討ち入りの日であるという詠み方だ。つまり、日常の中の細やかなドラマというのが、若宮和代のこの句の正体である。

飢餓の子の脚摑み出す蓮《はす》根《ね》掘《ほり》　西尾五山

同時作に、

極月の手をポケットに百人町

があり、「蓮根掘」は第一回「はちまん句会」の、「極月」は十二月東京例会の特選句。極月の句は、百人町という固有名詞の働きが群を抜く。「蓮根掘」の句は、俳人なら誰でも鷹羽狩行の次の代表句を思い浮かべる。

蓮根掘モーゼの杖を摑み出す

だが、西尾五山の描く蓮根掘りはモーゼの杖ではなく、飢餓の子の脚を摑み出したという。勿論、譬喩《ひゆ》であり実景ではない。蓮根の形の連想から、作者は飢餓の子の脚を思いついた。風刺の句ではない。次の私の代表句が参考になろう。

貧農の水子を啖ひに蛭《ひる》泳ぐ

飢餓の子の脚は、貧農の水子と同じ位置に置かれている。つまり、西尾五山の「蓮根掘」は私の「水子」と同様の凶々しさを詠った一行詩。鷹羽狩行の代表句に、少しも負けていない。それどころか、単に蓮根の形状を詠んだにすぎない狩行の機知俳句よりも上等である。

雑踏の孤独と恵方ありにけり　　蛭田千尋

同時作に、

鏡餅重ねる愛のずれぬやう

おごりなき初日の中を働きぬ

元日のわたし照子の空の下

があり、特に「初日」の句が良い。上五の「おごりなき」の措辞は手柄。「恵方」の句は、さらに面白く深い。雑踏の中の孤独の表現は少しも新しくないが、雑踏の中に恵方があったという発見が良い。そして、孤独と恵方の、暗と明のふたつを雑踏の中に見出したのは見事。ここ一年の間に、充実した作品を発表する作者の力量に拍手。

人の日や誰も乗らない赤いバス　青柳冨美子

同時作に、

まゆ玉に触れて六区の灯に紛る
埋火や恋に泣きたる日記読む
歌舞伎座の奈落を覗く寒さかな

があり、「まゆ玉」の句は、第一回「はちまん句会」の特選を取った。中七下五の「触れて六区の灯に紛る」の措辞が良い。

一月七日の東京中央支部の一月例会で、私は次のような講話をした。

俳句歳時記は言葉の宝庫だ。だから宝庫を開けて季語を自由に駆使すればよく、季語に縛られるものではない。

この私の発言を青柳冨美子の「歌舞伎座」の句に当てはめると、中七下五の「奈落を覗く寒さかな」の措辞は、月並となる。「奈落を覗く」行為は、必然的に「寒さ」を導き出すからである。また、暗を明に換える「もどき」という手法から言っても、このままだと暗に暗を重ねる結果となる。では、暗を明に換える季語を俳句歳時記という宝庫から引いてくると、次のようになる。

歌舞伎座の奈落を覗く暮春かな

さて「人の日」の句に話を戻すと、中七下五の「誰も乗らない赤いバス」の措辞が目を引く。昨年の横浜で行なわれた「河」全国大会でも、市中を走る赤いバスの句が多かった。青柳冨美子の「赤いバス」の存在は、具象でありながら抽象の世界に変化《へんげ》する。なぜなら、中七の「誰も乗らない」という措辞が生み出した結果である。さらに、季語の「人の日」である。人の日は松過ぎの日であり、正月最後の日であるにも関らず、すでに日常の中にある。都会は動きだしている。その日にあって、「誰も乗らない赤いバス」とは、現実の存在ではなく、別の次元の存在と化すからである。そこに日常の中の非日常の不安感が充分に表現されてくる。省略の効いた佳吟。

寒夕焼戻るにはもう来すぎたる　小川江実

同時作に、

日溜りの木をこぼれじと寒雀

玄冬のビルを抱きてビルの影

晩年はゆるゆる冬至南瓜かな

着ぶくれて人の名思ひ出せぬなり

があり、どの句も良い。しかし、日常を詠んだ他の四句に較べると、「寒夕焼」の一句はかなり色あいが違う。中七下五の「戻るにはもう来すぎたる」の措辞は、小川江実さんだけではなく多くの人が、ある日、ある時、同じ感慨を抱いたはずだ。そして季語の「寒夕焼」である。冬の美しい夕焼けは、同時に凶々しさにも通じる。作者は、充分に長い道を歩いて来たが、それでも戻るべき選択の時期があった、ということ。

私が長い獄中生活の中で得たものの一つは、「自由」という認識についてである。私の結論を先に言えば、人間には二つの自由しかない。それは選択の自由と創造の自由である。それしかないのである。小川江実さんは、自分の選択した道にふと疑問を感じ、しかし、もう遅すぎると自分を納得させるしかない感慨を詠んだ。佳吟。

正月をただよつてゐる核家族　窪田美里

同時作に、

傷つきしこの身が愛し冬銀河

歳晩の二人の酒を買ひ足して

長髪の夫《つま》と並んで笑ひ初め

があり、核家族の風景が窺《うかが》い知れる。「正月」の芽出度さに対して、中七下五の「ただよつてゐる核家族」が良い。ユーモアとも ペーソスともとれる作品。私の次の一句を参照していただきたい。

　ゆく年の浮き輪を持つてゐる家族

去年今年《こぞことし》いのち改行するごとし　　丸亀敏邦

「去年今年」と言えば、必ずあげるのが、高浜虚子の一代の名吟。

　去年今年貫く棒の如きもの

この句を越える作品は今のところないし、これからも困難な名作。丸亀敏邦は、果敢に虚子の名句に挑戦したわけではなかろうが、しかし、充分に手応えのある作品が出来あがった。去年今年を、いのちが改行するようだ、という発見が手柄。紛れもなく丸亀敏邦の秀吟である。

東急ハンズに手帳を買つて年の内　　鎌田俊

固有名詞の重要性は、「魂の一行詩」の批評でたびたび触れた。今月号の、

　極月の手をポケットに百人町　　西尾五山

が良い例だ。鎌田俊の「年の内」の句も、五山の「極月」の句も、固有名詞の魅力だけで充分な佳吟となる。俳句も、一行詩も無内容の器なのだ。上五の固有名詞が、例えば銀座の

「伊東屋」であれば、並選となる。「河」を愛しつつ亡くなった伊藤三十四の、
煤《すす》逃げの丸善に買ふ糊《のり》ひとつ
も同様で、この「丸善」の固有名詞が良い。鎌田俊が若者らしく、「東急ハンズ」と持ってきたので成功した。

大年の仕舞ひの水を撒《ま》きにけり　鈴木琴

「河」二月号の次の句に続いての登場。
冬の日の駅頭で買ふメロンパン
「大年」の句も、日常の細やかなドラマを一行詩に仕立てた。そして、この句、実に爽やかではないか。ありありと大年の景が浮かび上がる。映像の復元力の効いた一行詩。鈴木琴の作品を眺めていると、先師・源義が座右の銘とした「継続は力なり」を思わずにはいられない。

冬麗《とうれい》や父に壊れてゐる時間　板本敦子

同時作に、
日向ぼこそしてときどきは詩人
があり、これもさりげない佳吟。しかし、「冬麗」の句は群を抜いての秀吟。上五の「冬麗」という晴に対して、中七下五の「父に壊れてゐる時間」が、文句なしに良い。「魂の一行

詩」は、実よりも虚の大きさを評価する。故に、板本敦子の父がアルツハイマーであろうが、正常であろうが全く詩では関係がない。詩としての日常のドラマ性のほうが真実であるからだ。私の母を詠った次の二句を参照すれば解る。二句とも虚である。

壊れゆく母が大根《だいこ》を煮てをりぬ
楪《ゆずりは》や母を叱《しか》りしさびしさよ

惑星の砂の器に独楽まはす　松下由美

同時作に、
屠蘇《とそ》くむやわが魂のありどころ
冬怒濤女の性《さが》の暮れゆけり
嫁が君飽食の世に疾走す
帰省して蒼き昭和の火鉢かな
があり、十二月の「しゃん句会」、一月の東京中央支部の例会で特選、秀逸を取った作品。特に四句の中では「嫁が君」が良い。

「独楽」の句は、「嫁が君」より遥かに良い。まず、スケールが大きい。昔、「砂の惑星」という映画があった。勿論、松本清張に「砂の器」という傑作ミステリーがあり、野村芳太郎監督で映画化もされた。由美の「惑星の砂の器」は地球のこと。それも日本の現在の世相を指している。蟻地獄の砂の器からは、蟻だけではなく、人間もまた脱出することができない。

その砂の器のような日本で作者は独楽を廻す、と言っているのだ。この句、したたかな女性の軌跡《きせき》と言ってもよい。由美の廻す独楽とは何だ。男か？　金か？　這い上がる手段か？恐い女の物語。

冬夕焼ライカを提げた父とゐる　　松村威

同時作に、

冬銀河サロメが生首《くび》を投げつける

があり、一月の東京中央支部の例会で特選に取った。いかにも現代の一行詩といってよい。「河」二月号の次の句に続いての登場。

冬籠りヤプーのやうな息を吐く

強烈な「サロメの生首《くび》」に較べると、「冬夕焼」の句は、おとなしく、さりげない。だが、この句のほうが断然光を放っている。この句も日常の中の細やかさだが、作者にとって忘れがたいワンシーンなのだ。なんとも懐かしく、切なく、美しい句ではないか。「河」二月号の市川悦子の次の句と並べて眺めるとよい。

クリスマス父と歩いた夜がある

日本いま日本にあらず竜の玉　　廣井公明

同時作に、

木の葉髪わが祖は百済の逃亡者

放蕩《ほうとう》やわがまなうらの枯木灘

あらたまの初日の匂ふ神田川

があり、特に季語のない「枯木灘」が良い。作者は固有名詞の「枯木灘」から、蕭条《しょうじょう》と枯れた海を連想したのかもしれない。

「竜の玉」の句は、東京中央支部の一月例会での特選句。句意は説明するまでもないが、下五の「竜の玉」の季語がよく働いている。この句を眺めていると、私の句集『JAPAN』に収録された作品のような既視感《デジャビュー》を引き起した。

歳晩や遥かなこゑにたどり着く　山田友美

同時作に、

年ゆくや机の上の鍵の束

人の世の戦は尽きずクリスマス

開戦日ホットケーキを焦がしけり

があり、特に「年ゆく」の句が良い。「歳晩」の句は、「はいとり紙句会」の十二月例会で多くの特選に取られ、十三点を取った高点句。この句をしみじみ眺めている内に、小松左京氏の不滅の文学『果しなき流れの果に』が炙《あぶ》り出されてくる。小松左京氏が一九六五年に二十七歳で書き上げたＳＦの最高傑作である。主人公は白亜紀《はくあ》の地層から発見された砂時計を手に、過去から未来へと遥かな時の旅に漂流する。それは永遠に砂の落ち続ける砂時計だったのだ。ある夜、恋人の前から主人公は突然姿を消す。恋人が主人公に再会するのは、五十年後である。その長い遥かな時を、恋人は主人公を待ち続ける。友美の句は、「果しなき流れの果に」たどり着いた物語を、連想させないではいられない。「遥かなこゑ」とは、遥かなる時空の声ではないのか。具体的に言えば、例えば別れた家族、例えば輪廻転生を繰り返す恋人同士、例えば宇宙意識といった存在。人間はどこから来て、どこへ行くのか、といった永遠の謎を、山田友美は一行詩として成立させた。「歳晩」の季語は、動かすことのできない効果を発揮している。山田友美の代表作と言ってよい。

陛下の日喇叭《ラッパ》を吹いて夜を歩く　下村太郎

十二月の「しゃん句会」で、私が一番に推した句。十二月二十三日の今上《きんじょう》天皇の誕生日を、造語である「陛下の日」を使って、下村太郎の、これも代表作。中七下五の「喇叭を吹いて夜を歩く」が鮮烈。と同時に、童話の「ハーメルンの笛吹き男」のような凶々しさを放っている。この句に匹敵するのは、堀本裕樹の次の二句くらいだろう。

天皇が突つ立つてる秋の暮

十二月八日ドアが開けつぱなしだ

「陛下の日」に触発されて、私は次の二句を作った。

陛下の日昭和の空が燃えてゐる

陛下の日血を流しゐるアスファルト

最後に、当月集、半獣神、河作品の中から今月号の佳吟と作者名を列挙する。

人類に影の生まるる初日かな　本宮哲郎

初夢の覚めて天馬に翼なし　斎藤一骨

囀りのやうにぽつぺん鳴りにけり　松下千代

炉ばなしの狼今も生きてをり　竹内弥太郎

鶴の眼に日本小さくなりにけり　神戸恵子

天狼の鎖骨をほどくマグダラマリア　長谷川眞理子

風花や志と詩の器しづかなり　福原悠貴

読初の堕落論とはお前さん　春木太郎

貞操とエロスふたつのイヴ明ける　藤田美和子

歌舞伎町の血の時雨か浴びにゆかう　浅井君枝

虚と実の間《はざま》に生きて海鼠かな　西澤ひろこ

初夢の凸凹戦後を越えられず　鎌田正男

オリオンや人焼きつくしたる勲章　滝口美智子

雑踏に我の位置ある恵方かな　青木まさ子

元日の夜のむなしき信号機　及川ひろし

天皇の日の暗がりにゐるニート　石山秀太郎

木枯しや紙一枚の命なり　武正美耿子

あたたかや切符呑み込む改札機　倉井幸子

丹頂鶴の恋のはじめは身をそらす　中西史子

木枯しやロボット犬に吠えられる　中川原甚平

初霜の豆挽く音の虚空かな　髙橋祐子

着ぶくれてさびしき昼の中にゐる　倉林治子

歳晩の文壇バーのラムネ菓子　大多和伴彦

数へ日や床屋にならぶ首人形　木下ひでを

ぽつねんと地球儀のあり寅彦忌　西川僚介

大枯野かたちあるものかなしけり　小林政秋

茹でし菜を真水に放つ七日かな　浮田順子

日のあとを月のぼりくる冬桜　堀元美恵

ゆづり葉や棚に古りたる薬用酒　塩谷一雄

人日や無銘の詩《うた》の立ち上がる　岡田滋

還暦の毒まき散らすどんど焼き　蛭田豊

お父さん帰りませうか日短し　長岡帰山

冬眠の蛇の寝返り打つ夜かな　尾堂燁

（平成十九年「河」三月号）

7 褒めなかつたナ

風呂吹やお前も死んでしまつたのか　田中風木

同時作に、

登つても登つてもまだ枯木山
あの世でも酔うてゐるのか雪螢
絵襖へよろけて二月はじまりぬ

がある。「風呂吹」の句は、「河」二月号の作者の次の句が蘇ってくる。

貴様どこかで生きているんか冬桜

句意は正反対だが、詠みぶりも作者の身ぶりも同じ。「冬桜」の句は、作者の絶叫の一行詩だが、「風呂吹」の句は作者の呟きだ。「雪螢」の句も同じ相手を指している。死にゆく者の存在も、そして死そのものもすでに作者にとって、身近になっている。しかしそれでも「お前」の死は、作者にとっての無常迅速の思いを深めずにはいられない。「風呂吹」が引き金となった作者の無常感を詠った一行詩。次の私の一句が参考になろう。

風呂吹や別れし母の訃を聞けり

立春大吉使はぬ部屋に日の差して　林佑子

同時作に、

やらはれし鬼が真つ赤な子を生めり

毀れやすき女とは嘘花八ツ手

鳴く亀のこゑ聴いたよな聴かぬよな

生きものの影入るたびに障子鳴る

がある。「使はぬ部屋」という措辞では鷹羽狩行の次の代表句がある。

胡桃《くるみ》割る胡桃の中に使はぬ部屋

胡桃の殻を割ってみると、確かに空っぽの実の入っていない部分がよくある。鷹羽狩行の句は、それを使わぬ部屋と見立てた手柄。つまり機知的な俳句である。と同時に、洒落た句だ。しかし、それだけだ。私にはなんの感銘もない。勿論、機知俳句を否定している訳ではない。機知の句もユーモアとして充分成り立つからである。ユーモアというのは、「魂の一行詩」にとって、重要なモチーフとなっている。例えば、私の次の最近作がユーモアをモチーフとしている。

亀鳴くや母の形見の正露丸

正露丸などという薬品は、どこの家庭でもある。三年前に母の亡くなった後にも、台所に正露丸があった。胃の四分の三を失い、さらに腸閉塞の大手術をした私は、大腸の大部分がない。それで胃も腸も慢性的なダンピング症候群に悩まされている。私は母の形見の正露丸を有り難く失敬した。私の実家には、十八歳で自裁した妹・真理の部屋と五十八歳で急逝した父・源義の書斎が亡くなった当時のまま残されている。この二つの部屋は、以後、二度と使用されたことがない。林佑子の「使はぬ部屋」は、私にとって故人を偲ぶ縁《よすが》として存在する。佑子の「使はぬ部屋」は故人が使用していたのか、あるいは娘の結婚のための空き部屋なのか、定かではない。しかし、季語の「立春大吉」という「明」に対して、中七下五の「使はぬ部屋に日の差して」は、明らかに「暗」として詠われている。それ故に、「日の差して」の措辞が抜群の働きを示しているのだ。機知俳句ではなく、正に「魂の一行詩」なのだ。

けふ人を褒《ほ》めなかつたナ春灯　滝平いわみ

同時作に、

おとうふをいただいてゐる春の月

建国日鳥が逆さに水飲んで

がある。今月号の投句は「建国日」の季語を使った句がいちばん多かった。私の次の二句も、よく考えて読んでほしい。

建国祭日暮のやうな便所より

建国祭渋谷の夜が壊れてゐた

滝平いわみの「建国日」も悪くないが、「春の月」の一句は季語が素晴らしい。なにげない日常の句だが、正しく一行詩の世界だ。しかし、作者の自信作は「春灯」の一句だ。季語の「春灯」にそれほどの意味を持たせていない。今日のいちにちが終った象徴として「春灯」がさりげなく置かれている。しかし、この「灯」は、秋でも冬でも意味を持ちすぎてしまう。勿論、「夏」など論外である。「けふ人を褒めなかつたナ」という述懐は重くも軽くもない。ましてや反省からはほど遠い。単なる述懐だ。だが上五中七に置かれて、下五の「春灯」に収まると、そこに日常のドラマが生まれる。そして、誰もが共感しながら、しかし、作品として登場することのなかった世界が出現する。今月の河作品の中で、一番奇妙であり、しかも一番惹《ひ》かれた滝平いわみの世界に感嘆した。

梟の待つ家に着き灯を点す　本宮哲郎

同時作に、

冥府より雪のちらつく実南天
家中の鏡を拭いて小晦日《こつごもり》
父母寝ねてより餅花の灯を消しぬ

があり、特に「餅花」の句に感銘した。正にさりげない日常のドラマが美しい。中七下五の「餅花の灯を消しぬ」の措辞に舌を巻いた。それに較べると、「梟」の句は、見た瞬間のインパクトの強さに惹かれた。現実に作者が梟を飼っているとは考えられない。作者の家の木に時々梟が来ることはあり得るだろうが、ここはやはりある種の凶々しさの象徴と見るべきだろう。私の獄中句集『檻』に次の一句がある。

ふくろふが夜の廊下を歩きけり

私の梟は邪悪な人間の象徴として一句に仕立てた。本宮哲郎氏の梟は私と同様の人間を指してのことか、あるいは家霊などの目に見えない存在なのかは別にして、神経がひりひりする「もの」なのだろう。しかし、下五の「灯を点す」によって、暗から明への転換が行なわれている。不思議な魅力を持つ詩の世界である。

詩を生みて万年筆の吹雪きけり　堀本裕樹

同時作に、

天狼や氷柱のごとき詩を得たり
ポインセチア海に向く窓ひとつあり
勾玉の中や鯨の銀のこゑ
冬岬真つ赤な羽根を拾ひけり

があり、全てが良い。特に「ポインセチア」の絵画的な一行詩に惹かれるが、やはり詩を生んだ万年筆が吹雪いている、という一句が立っている。勿論、譬喩《ひゆ》の一句。堀本裕樹の心象風景である。吹雪いているのは、万年筆そのものではなく、万年筆が生みだした詩の世界である。次の私の作品が参考となろう。

獄中の飢餓海峡の吹雪きけり

たましひの煮凝《にこご》つてゐる書斎かな　　及川ひろし

同時作に、

地階より洩るる灯赤し春の雪

春の月ガラスの昇降機がのぼる

があり、二句とも良い。特に、「春の雪」の句は、「河」一月号の次の句と並べて眺めてほしい。

地下バーの愚者に蚯蚓《みみず》の鳴きにけり　　及川ひろし

ニューヨークあたりの、春寒の光景が浮かび上がる佳吟である。しかし、「たましひの煮凝つてゐる書斎」は、群を抜いての秀吟である。及川ひろしに言われてみて、確かにそのとおりだ、と読者は納得するだろう。しかしながら、「煮凝」の例句から全く離れたこの一行詩に感嘆するばかりだ。父・源義が急逝して、「使はぬ部屋」になった父の書斎は、正しく及川ひろしの表現した世界であった。

年ゆくや父の書斎に父の椅子　　角川春樹

あかときのつちふるなかをかへりけり　　鎌田俊

同時作に、

くれなゐの蘂《しべ》降るやうに亀鳴けり

があり、この句も良い。亀の鳴く声を「くれなゐの蘂降るやうに」とは、誰も言えなかったこと。しかし、「つちふる」の句のほうが遥かに上である。なになにの中を帰った、という表現は、決して新しくはない。例句を上げてみよう。

葱買うて枯木の中を帰りけり　蕪村

いつの日も冬野の真中帰りくる　平井照敏

獄を出て時雨の中を帰りけり　角川春樹

にもかかわらず、一行詩全てが平仮名で書かれたこの句に惹かれるのは、上五中七の「あかときのつちふるなか」の措辞である。勿論、作者の後ろ姿にやり切れない哀しみが一句から滲み出てくるからである。

春浅しバター馴染まぬパンの耳　青柳冨美子

同時作に、

地下街の花舗に春立つ日なりけり

があり、この句も佳吟。「春浅し」と同レヴェルであり、どちらも日常の細やかな出来事を詠った。「春立つ」の句は、地下街の花舗に季節の推移を言い止め、「春浅し」の句は、パンの耳に季節を感じとった繊細な感性に共鳴した。

数の子や家族点滅してゐたる　若宮和代

同時作に、

にじ色の寒のひかりの玉子かな

があり、寒卵が虹色の光を放っているという措辞が適切である。一方、「数の子」の句は、中七下五の「家族点滅してゐたる」にハッとさせられた。勿論、家族の「点滅」に対してである。灯火《ともしび》が点いたり消えたりする家族とは何であろうか。つまり、若宮和代は家族を心の灯火と捉えているが、それが持続しないということを言っているのだ。今月号の私の句と最近作を参考のためにあげると、

ゆく年の浮き輪を持ってゐる家族

春の夜の鬼となりたる家族かな

夕東風《ゆうごち》や家族漂流してゐたる

があり、私の描く家族は全て虚であり実である。つまり「まぼろしの家族」ということだ。従って、若宮和代の家族の肖像も虚であると同時に実でもある。一行詩にとって、大事なのは、詩の真実であって、具体的な事実ではない。

建国日路上ライブのエレキ鳴る　梅津早苗

同時作に、

三月や少女のまつげ蕊をなす

があり、この句も譬喩《ひゆ》として面白い。が、今月号の数多《あまた》ある「建国日」の句として、梅津早苗のこの一句だけを取り上げる。今どき、エレキ・ギターを弾くストリート・ミュージシャンがいるとは思われないが、建国記念日の祝日に、路上ライブでエレキ・ギターが鳴っている、という取り合わせがなんとも可笑しい。これも、実というより虚であるが、若宮和代の「家族」の句と同様の「詩の真実」である。私が「魂の一行詩」を追求していけばいくほど、俳句の世界とは明らかに乖離《かいり》してゆく。私がある句会で次の投句をしたところ、堀本裕樹以外の誰も取らなかった。一句目は、二・二六事件を詠んだ作品。二句目は、俳句の奇麗事から訣別した一行詩である。

青年将校春の雪は汚れてゐた

建国日公衆便所に手淫する

嫁が君コマ劇場を退出す　丸亀敏邦

同時作に、

青写真星の光に焼きにけり

があり、両句とも「はいとり紙句会」の特選句。「青写真」の句は例句に名作がないだけに、取り上げたいところだが、「嫁が君」の兼題句として、「コマ劇場を退出す」というユーモアを買いたい。「魂の一行詩」運動を推し進めるなかで、口語俳句の秀吟、佳吟が数多投句さ

れているが、ユーモアのある作品は、そう多くない。そのなかで丸亀敏邦には生来のユーモアがある。例えば、

落し文なんの呪文でありしかな
夏立つや甘いソースの肉を食ふ
空部屋《あきべや》を探して割りし胡桃かな

などの、ほのぼのとしたユーモアが光る。

ドトールに長居してゐる鳥曇《とりぐもり》　斎藤隆顕

同時作に、

立春大吉花のカタログ届きけり

がある。「鳥曇」の句は、「河」三月号の、

東急ハンズに手帳を買つて年の内　鎌田俊

と同様に、「ドトール」の固有名詞が効《き》いている。ドトールに長居している作者が、外の鳥曇を眺めているか、感じている光景が直《ただ》ちに目に浮かんだ。私は「河」の今月号の投句の中で、出色の作品の一つと断言する。都会生活者のなんともいえないペーソスが、はっきりと私に感じ取れるからだ。作り手の魂と読み手の魂が共振れを起す一行詩。秀吟である。

亀鳴くやチョコ一枚の愛を買ふ　藤田美和子

同時作に、

子を捨てし釈迦の半眼冴え返る

黙ふかき煙草なりけり春灯

牡丹の芽手を重ねてもさみしかり

があり、どの句も悪くない。「亀鳴く」のチョコ一枚は、勿論、バレンタインデーを皮肉った一行詩。同時に充分ユーモアがある。つまり皮肉の効いたユーモア。私の次の「亀鳴く」の句は、従来の俳人達からは評価されなかった作品だが、これも、皮肉の効いたユーモアなので、大いに笑ってほしい。

亀鳴くや生前贈与のコンドーム

冬木立モノクロの螺子《ねじ》巻き直す　松永富士見

同時作に、

綿虫の浮かれてをりぬ来迎図

があり、両句とも「はちまん句会」の特選句。

「綿虫」の句は、阿弥陀如来が衆生を救うために諸仏を従えて人間世界に下降するさまを描いた来迎図と取り合わせた作品。奈良県二上山の麓にある當麻寺の阿弥陀来迎図が殊に知られている。寺内で来迎図に見入っている作者と境内の綿虫が飛び回っている景を描いた。外の綿虫が浮かれている様が「明」であり、仄暗い「来迎図」が勿論「暗」である。来迎図の周りを綿虫が飛んでいる訳ではないが、作者の意図は来迎図の中に綿虫を飛ばせている景として読み取ってほしい、ということだ。

「冬木立」の句は、作者の生きる意図を一句に言い止めた作品。冬木立自体がモノクロの世界に存在するが、この句の場合は作者の過去を象徴している。なぜなら「モノクロの螺子」とはっきり作者は指定しているからである。「螺子を巻く」は文字どおり、自分自身の螺子を巻く、ということ。さらに「巻き直す」という措辞からは、自分自身の原点に立ち帰って新規に巻き直す、という作者の意志を表明している。その作者は、冬木立に対《むか》って佇《た》っている。その孤独な荒涼とした景こそ、今の自分にとって好ましいと作者は感じている、という句意である。作者の「自己投影」を強く打ち出した一行詩。「映像の復元力」も効《き》いている。

午前零時の雨の匂ひの皮コート　相澤深雪

同時作に、

寒満月差別用語といふ差別

があり、この句も充分共感できるが、「皮コート」の句のほうが、圧倒的に良い。「午前零時」という時間の設定が面白く、中七下五の「雨の匂ひの皮コート」の措辞が抜群に良い。なんというリアリティ！　「映像の復元力」が秀れているばかりでなく、雨の匂いまで演出している。私の初期作品に次の二句がある。

藤の花雨の匂ひの客迎ふ

椎の花神も漢の匂ひせり

相澤深雪の句は、「藤の花」の私の句より、遥かによく、今月号の河作品のなかで、斎藤隆顕の次の句と並ぶ秀吟である。

ドトールに長居してゐる鳥曇

寒椿母はひとりになりました　松岡悦子

この淋しい述懐は、読者にさまざまな想像をさせるが、正に読者の魂と作者の魂が共振れを起す秀吟。「母がひとりになった」理由は全く不明である。俳句という詩型は、省略を要求するが、「魂の一行詩」にとっても同じこと。上五の「寒椿」は実景というより、作者の思いの象徴として置かれている。作者の寂寥感が充分読者に伝わる一句である。見事！

梅白し母を施設に送り来て　倉井幸子

この句も、松岡悦子の句と並ぶ「魂の一行詩」である。倉井幸子の母がどのような施設に入っているかは解らない。例えば、老人ホーム。読者はどのようにも想像できる。母を施設に送り帰すということは、正月の間は作者の家に居た、ということ。正月が過ぎて、作者は母を施設に送って行く。その母親の表情も作者の貌も目に浮かんでくる。心を鬼にして施設に送り帰さなければならない。作者の心情が「暗」であり、勿論「梅白し」が「明」である。上五の「梅白し」という季語の働きはこれ以上には存在しない。私の今月号の次の句を参照していただきたい。

楪《ゆずりは》や母を叱りしさびしさよ

鬼やらひ銀河の果ての非常口　松下由美

同時作に、

ＢＡＲ撥《は》ねてただ寒月を歩きゐる

初暦ピカソの青ではじまりぬ

初東風《はつごち》や冥王星から皇帝来

建国日少女のシャドーボクシング

があり、特に「初東風」の句が良い。上五の初東風と、中七下五の「冥王星から皇帝来」の転換が見事である。「非常口」の句は、私の句集『存在と時間』の次の一句が参考になろう。

真夏日や逃げても逃げても非常口

私の句の背景は、千葉拘置所を回想してのこと。この頃、毎晩獄中で非常口からの脱走の夢を見ていた。しかし、夢の中では、獄の廊下を走っても走っても非常口が見えるにもかかわらず、その距離は縮まらない。夢の中で私は永遠に逃げ続けている。松下由美の非常口は、節分で遣らわれた鬼が銀河の果てまで逃げている、という句意。小松左京氏の傑作ＳＦ『果しなき流れの果に』を彷彿《ほうふつ》させる佳吟。鬼は果たして銀河の非常口から脱出できるのだろうか？

つちふるや俺は今でも此処《ここ》にゐる　岡田滋

背徳に肉の弛《ゆる》びし栄螺《さざえ》かな

銃声も風花も昨日のこと

「栄螺」の句は、二月の「しゃん句会」の兼題であり、特選を取ったが、秀逸に取った「風花」の句のほうが光る。下五の突き放したような「昨日のこと」の措辞がいい。一方、「つちふる」は、文句なしに良い。恋人なのか友人なのか、あるいは肉親なのか呼びかけている相手は定かではないが、中七下五の「俺は今でも此処にゐる」は、現在、只今の作者の位置をはっきり示している。岡田滋はまだ一行詩を始めて一年半に満たないが、確実な進化を遂げている若手の一行詩人。堀本裕樹、鎌田俊に続く三羽鴉の一人である。インパクトの強い「つちふる」の句は、最近の岡田滋作品に見られる一連の作品と同じ特徴を示している。いずれの句も著しい「自己の投影」がなされている。例をあげると、次のような作品群だ。

メーデーの群どこへ行く日本どこへ行く　「河」七月号

焼酎や孤独は水で割れますか　八月号

時の日はグラスの水をそのままに　九月号

終戦日ただに歩いてゐたりけり　十月号

終電車錆《さ》びたる鮎の群れを吐く　十一月号

涼新た風鳴る夜の万年筆　十二月号

秋螢私に居場所ありますか　一月号
凩やナイフのやうな私がゐる　二月号
人日や無銘の詩《うた》の立ち上がる　三月号

このようにまだ荒削りだが、魂を直撃するパワーのある「魂の一行詩」を吐き出している。

虎落笛《もがりぶえ》赤い実落ちる夜の底　山田友美

同時作に、

悲しみはタンスの中の小春かな
鮟鱇鍋きのふと同じ夜が来る
遠き日の孤独のなかの青写真
繭玉ややはらかきもの身にまとひ

があり、いずれも「はいとり紙句会」の投句の作品で、それぞれ高点句である。なかでも、兼題でもあった「虎落笛」は文句なしに良い。夜の底に落ちてゆく赤い実は、どの植物のものか示されていないのがいい。それだけ読者の想像が膨《ふく》らむからである。悲鳴のような声を立てる北風の中で、夜の底なしの無間地獄に落ちる赤い実は、かなり不気味だ。近代の危機意識が不思議な一行詩を産み落した。

ペコちゃんを慰めてゐる狸かな　岡本勲子

同時作に、

建国祭虫除けスプレー発射して

雛の空私の顔が浮いてゐる

夢を見る狐の耳や春寒し

があり、どの句も水準以上である。一時操業停止に追いこまれた洋菓子会社の不二家事件は、ペコちゃんという類《たぐい》まれな人気キャラクターの存在を、再び人々に思いださせた。今月号の「河」の投句にも、しばしばペコちゃんが登場したが、そのなかでも岡本勲子の作品がいちばん面白かった。なにしろペコちゃんを慰めているのが狸とあっては、まるで現実の少女を慰めている下心まる出しの、中年オヤジがイメージされるからである。ペコちゃんの類の句は、思い切り読者を笑わせたほうが良い。私も次の三句を投句して、句会を大いに楽しませた。

ペコちゃんとグリコの男駆け落ちす　しゃん句会

紅梅の日暮にペコちゃん泣いてをり　はいとり紙句会

ペコちゃんの雲古《うんこ》のやうな犬ふぐり　東京中央支部

シネラリアくるぶしに夜が来てゐる　川越さくらこ

同時作に、

単線が海へ錆び逝く二月尽

流氷は吾が白骨のごと流れゆく

がある。「シネラリア」は冬から春にかけて野菊に似た紫、赤、白などの花を開かせる。病人の見舞の際、「シネ」が「死ぬ」に通じるところから、「サイネリア」とも呼ぶ。

例句としては、

シネラリア薬で眠るまなうらに　宇咲冬男

若き医師なればサイネリヤ嗅ぎて見る　大野林火

更けし夜の燈影あやしくシネラリヤ　五十崎古郷

川越さくらこの作品は、五十崎古郷の句と同じ傾向にあるが、五十崎古郷よりもさらに不気味な一句。「シネラリア」の「死ぬ」を充分に意識して作句されている。中七下五の「くるぶしに夜が来てゐる」が、当然のことながら現代的。ある種のホラー小説を思わせる凶々しい一行詩。

「全て善し」鮟鱇はさう言つて死んだ　松村威

平成十九年に入ってからの松村威の存在は、目を瞠《みは》る佳い作品が続いている。

霜月の鼻水すすりストリッパー　「河」一月号

冬籠りヤプーのやうな息を吐く　二月号

冬夕焼ライカを提げた父とゐる　三月号

こうした松村威の作品を眺めてみると、並々ならぬ詩の感性が読みとれる。今月の「鮟鱇」の句など、小説的、映画的手法が導入されている。勿論、この「鮟鱇」はただの鮟鱇のことではない。人間のことであったり、歴史上の人物であったり、小説や映画の主人公の名前であったりするのだ。散文に近いが、それでいてぎりぎり一行詩にとどまった作品。

幼な児のふぐりに風の光りけり　　齋藤笙子

「風光る」の例句としては、

地玉子の殻のたしかさ風光る　　鈴木真砂女
生れて十日生命が赤し風がまぶし　　中村草田男
風光る乳房未だし少女《をとめ》どち　　楠本憲吉
風光りすなはちもののみな光る　　鷹羽狩行

「風光る」とは、風と光が同時にいのちを宿した季語だが、日本人が生み出した感性の詩語であるのに、名句が存在しない。しかしながら、齋藤笙子の作品は、自然と生命の賛歌が見事に結実した一行詩。私の句集『夢殿』に収録されている次の一句を参照してほしい。この句も生命賛歌を詠った句だ。

ちんぽこの子もかぐはしき若布《わかめ》干し

最後に、当月集、半獣神、河作品の中から今月号の佳吟と作者名を列挙する。

着地点決めかねてゐる寒椿　　北村峰子

山茶花や家が遠しと思ふ時　田井三重子

たんぽぽの黄色い時間靴が鳴る　山口奉子

春望の破調の風となりにけり　髙田自然

春近しワイングラスにばらの酒　井桁衣子

つちふるや黄河はつひに現れず　松下千代

初《はつ》午《うま》や一樹にこもる風の音　酒井裕子

寒明けの鬼《おに》房《ふさ》の海満ちて来し　坂内佳禰

越《こし》にして立春以後の海荒るる　佐野幸世

人とゐて空気濃くなる春の闇　小島健

指さきに火種の走る歌かるた　斎藤一骨

春の水かなしき父の器あり　大森健司

鮟鱇の七つ道具が言へますか　春木太郎

夕焼けのポケットに在《あ》る独楽《こま》と僕　福原悠貴

ずぶ濡れの猫抱き上げる毛皮かな　神戸恵子

嫁が君母の指貫細かりき　大多和伴彦

いのちとは自分の時間寒椿　高橋瑛子

銀色の鮫《さめ》が空飛ぶ建国日　宮京子

菠薐草《ほうれんそう》茹でるしあはせ色なりし　蛭田千尋

春昼の積みては崩す遊びかな　柴田和子

豹柄のスカート引つぱり出して冬　石橋翠

春が来た魚《うお》の屍《かばね》のやうな雨　滝口美智子

湯豆腐や何をしてひとり老いぬらん　長戸路績

木星のくらきところに海鼠かな　尾堂燁

鷽《うそ》替《かえ》の鷽は真つ赤な口をもつ　青木まさ子

こんな夜は亀も鳴くかも鳴きにけり　前原絢子

着《き》膨《ぶく》れて黄泉《よみ》への手紙投函《とうかん》す　九万田一海

オリーブに春雪残る放哉忌　西尾五山

元日の寂しさに犬吠えにけり　光田衣音子

春の夜を水に漂ふごとくゐる　露崎士郎

楪《ゆずりは》や喉ぼとけなき骨拾ひ　廣井公明

朧夜の童話の国へ彼誘ふ　栗山庸子

あたたかし湯屋ののれんのもえぎ色　山田絹子

白酒やをみなにもある下心　竹本悠

毛皮巻き牛肉食つて人間です　伊藤実那

論戦の私事に及べり木の芽和　塩谷一雄

わが妻の今年の目標喪主になる　中川原甚平

借りものの服で卒業してゐたり　菅城昌三

鏡台に剃刀《かみそり》ひそむ朧かな　朝倉みゆき

春雷やワイングラスの水を呑む　岡部幸子

バレンタインデー裸婦の乳房のぴんと張る　西村蘭子

戦争がどんどの中に立つてゐた　山室光市

バレンタインデー私に憑《つ》いてる白狐　岡本汀

春愁や神の股間《こかん》が盛り上がる　古里挽歌

角刈にバレンタインは来ねえだろ　三條馨

（平成十九年「河」四月号）

8　つまさきあげし

春の夜や使ひみちなき湯の沸ける　　渡部志登美

同時作に、

涅槃婆ポップコーンを買ひにけり

があり、ユーモアのある佳吟だが、「春の夜」は、今月号の当月集の中で次の作品と並ぶ秀吟。

行く雁や此岸の鍵の揺れどほし　　斎藤一骨

句意は明瞭だが、内容が深い。俳句の三原則である「映像の復元力」「リズム」「自己の投影」がこの一句に結実しているし、日常の中の詩の発見が見事に形成されている。「春の夜」の季語は、中七下五の「使ひみちなき湯の沸ける」の措辞に、これ以外に考えられないような働きを示している。春の夜に使う当てのない湯を沸かしている作者の姿が浮かんでくる。私の提唱する「澄んだ水」のような一行詩。

海おぼろ君を征《い》かせし海朧　田中颪木

この句、作者の思いが深い。私は一昨年映画「男たちの大和」を制作したが、沖縄への水上特攻を見送る群衆のシーンが思いだされる。作者は太平洋戦争末期に出征する友人を送り出したのであろう。同時作の次の作品は陸上特攻であることを示している。

春の夜や黒き翼と火の海と

作者の万感の思いが、正に「魂の一行詩」として、読者に共振れを起させる作品。

去りしものときどき追ひてさくら季《どき》　滝平いわみ

去って行ったものが、何であるか具体的に示されていない。いないが故に、この抽象的な表現が、下五の「さくら季」の具象の働きによってイメージが喚起される。この句の巧みさは中七の「ときどき追ひて」の措辞だ。この中七によって、上五の「去りしもの」が具体性を帯びてくる。「去りしもの」は人間だ。想像すれば、その人間の「死」である。私に引き寄せて考えると、例えば妹・真理の自裁である。妹の死後、妹の死をモチーフに私は映画「愛情物語」を制作し、妹を悼む詩を何句か作った。

亡き妹《いも》の現《あ》れて羽子板市なるや

寒昴鉛筆書きの妹の遺書

朴の花高きが先に夕焼す

このように妹の死後、思いだしては俳句にしたが、父や母の死のようなインパクトがある訳ではない。妹・真理のことを思いだすのは、時々だ。時々思いだす程度に、父を母を失うにつれて情念も希薄になってゆく。滝平いわみの「去りしもの」が肉親なのか、友人なのか、恋人なのか定かではない。しかも「去りしもの」が人間であるかどうかさえ定かではない。しかし、「ときどき追ひて」と言いながら、この「ときどき」はむしろ強い思いを抱いていると感じないではいられない。つまり、反語である。滝平いわみのこの句に、なぜ、さほどに惹かれるのか、読み手の私にも正確には解らない。答は、下五の「さくら季」にあるのだろう。

行く雁や此岸の鍵の揺れどほし　斎藤一骨

文句なしの名句である。中七下五の「此岸の鍵の揺れどほし」の措辞には脱帽した。勿論、この「此岸」はこの世のこと。この句の「行く雁」は、当然ながら彼岸を目指している。今月号の次の句と比較すればなお面白い。

此岸より彼岸へ春の水流る　田井三重子

この句の彼岸はあの世ではない。川の対岸のことである。以前、斎藤一骨さんの次の句を批評したことがある。

たちまちに独楽の衰ふ仏土かな

斎藤一骨さんの此岸は仏土のこと。仏土が現在の日本を象徴しているように、此岸は現在の日本を象徴している。つまり、日本の鍵が揺れどおしだ、ということ。藤原正彦の『国家の品格』がベストセラーとなったが、例えばこの「鍵」を「品格」に変換させることも可能である。また、「精神」や「志」と取ることもできる。しかし、そこまで考えずとも、「放下《ほうげ》の一行詩」の達人が生みだした美しい一行詩として素直に感じ取ったほうが、作者の本意にかなうであろう。秀吟である。

ときにジャズときにボサノバ牡丹雪　　春川暖慕

同時作に、

それなりにいそぎんちやくの生きてをる

があり、この句もユーモアがあって面白い。この「いそぎんちやく」は、私の「海鼠」「青い亀」と同様の作者自身の暗喩《あんゆ》である。かつて、作者は次のような自画像を作った。

草餅のやうな人ねと言はれけり　　春川暖慕

この大らかなユーモアがこの作者の特徴だが、今回の「牡丹雪」もその延長線上にある。「牡丹雪」の降る様を、時にジャズの、時にボサノバのテンポだと言い止めたのは、さすがである。

いち抜けてしろつめ草の丘にをり　　北村峰子

同時作に、

たんぽぽの土手で明日とすれ違ふ

蕗味噌に猫舌焼いてしまひけり

春炬燵すぐに相槌打ちたがる

があり、どの句も奇妙に明るい。「しろつめ草」の句も同様である。癌と共生する作者の現在地が、いまこんなにも不思議な、一見突き抜けた透明感のあるユーモアを醸《かも》し出すことに、私は驚きを禁じえない。「しろつめ草」とは、「苜蓿《うまごやし》」のこと。人の群から、作者はいの一番に、「いち抜けた」と言って抜け出して、「うまごやし」が一面に咲いている丘に、今、来ている。この丘からは、多分、群青の凪いだ海が見えるはずだ。春の穏やかな日が燦々と降り注いでいる。私の獄中句集『海鼠の日』の次の句を参照して貰いたい。

満月やマクドナルドに入りゆく

満月のマクドナルドに入ってゆくのは、私の肉体ではない。私の憧れがまぼろしとなって満月のマクドナルドに入ってゆく。峰子の魂は今、しろつめ草の丘に行っているのだ。

四月一日お仏壇が東京へ引っ越しす　大森理恵

同時作に、

ふらここに父蹴り母蹴り虚空かな

モディリアーニの首に春蚕《はるご》の糸を吐く

過去の扉《と》を開けて桜に逢ひにゆく

があり、どの句も現代詩の切り口が光る。「ふらここ」の句意は平明で、ブランコの父も母も地を蹴って虚空にある、ということだが、ひねって考えれば、作者がブランコに乗って、父も母も虚空に蹴り飛ばしているようなニュアンスが感じられて、苦笑してしまった。「四月一日」は、勿論、エープリルフール。私の実家の仏壇は、もともと生家の富山にあったが、祖父・源三郎、祖母・八重の死後、東京の荻窪に引っ越した。今やその仏壇は、母の死後、姉の辺見じゅんが住む吉祥寺のマンションに引っ越した。私の母郷である富山は、仏壇に何よりもお金をかけ、そして大切にする。だからどの家も、大きくて立派な仏壇が存在する。いわば、仏壇は家そのものと言ってよい。つまり、家の中にもう一つの家があるので、仏壇は移送ではなく引っ越しにふさわしい。四月一日と明示することで、作者には珍しくユーモアを込めた作品となっている。勿論、この句のままでもユーモアのある佳吟だが、私なら下五を「引っ越す」ではなく次のようにしたい。

　四月一日お仏壇が東京へ引っ越す

　北窓を開き言ふべきことのなし　　高田自然

「北窓開く」とは、寒気や風を防ぐため閉めきっていた北側の窓を、春になって開け放つこと。そこに生活の喜びや明るさが感じとれる季語である。例句としては、

　北窓を開け父の顔母の顔　　阿波野青畝
　北窓をひらき秘密に日を当つる　　能村登四郎

山鳩の声の北窓ひらきけり　山田みづえ

などがある。どの句も北窓を開け放った喜びや明るさが表現されているが、同時にさほどの名句でもない。「北窓開く」の季語は、死語でないにしても現代の生活実感から言えば、かなり薄れてきているし、まして作者の住む環境から「北窓開く」という実感も、感慨も涌かないというもの。それが中七下五の「言ふべきことのなし」という断定に繋がってくる。「北窓開く」の季語が、俳句として依然として作られ続けることに対する、作者の皮肉ともユーモアとも感じ取れる作品。また、前述の例句よりも面白い。

おのおのの道をつくりて蜷《にな》となる　小島健

「蜷」とは二、三センチの巻貝で、春になると活動し、這いまわって泥土に筋をつける。これを蜷の道という。小島健の句は勿論、蜷の道を一句の中に分割して表現した作品。例えば、三月の「はいとり紙句会」の兼題は「桜鯛」であったが、次のように兼題を分割して投句した。

獄を出て花の夕べの鯛のめし

鯛めしやさくらの色の雨が降る

「蜷の道」の例句としては、

蜷の道生涯負へるものばかり　小林康治

天上に母を還して蜷の道　杉本雷造

蜷の道より楢山に入りにけり　藤田あけ烏

がある。小島健の句の面白さは中七下五の「道をつくりて蜷となる」の措辞だ。道を各々が作ったから蜷となった、という発想にある。言わば発想の逆転がユーモアのある一句となった。

此岸より彼岸へ春の水流る　田井三重子

単純にして内容のある一句。作者の立つ位置から遠くの道の間に一筋の春の川が流れている、と言っているだけだ。勿論、この此岸と彼岸が人界と霊界を暗示していることは、誰でも解る。しかし、中七から下五にかけての「春の水流る」が何とも言えずに良い。この「春の水」は、「河」三月号の作者の「大悲」の水なのだ。

冬の水大悲の水でありにけり　田井三重子
春の水彼岸の鐘の鳴り止まず　角川春樹
吊り革が母の手となる朧かな　堀本裕樹

同時作に、

虐殺忌ワイングラスを割りにけり
春暁やゲームの銃を撃ちまくる
春の雪ギターケースに銀貨投ぐ

があり、いずれも佳吟である。三月二十八日の「はいとり紙句会」で、大多和伴彦の次の句を特選に取った。

吊り革の輪の中に消ゆ海市《かいし》かな　大多和伴彦

「海市」とは蜃気楼のことである。カメラ・アングルが電車の中全体から次第に吊り革に寄ってゆき、輪が画面いっぱいとなると、そこには見たことのない光景が映っている。まぼろしだ。しかし、このヴィジョンも霧が晴れるように消えてしまった、という一行詩。イメージが映画のシーンのような一句。それに対して、堀本裕樹の一句は、誰も乗客のいない電車の吊り革が、いつの間にか人間の手となって揺れている。しかも、よく見ると母の手ではないか、という幻想の一行詩。堀本裕樹の多才な一面を見せた一句。

春光やつまさきあげしバレリーナ　鎌田俊

同時作に、

ライターの火を手でかこひ実朝忌

逃げ水を追ひゼッケンで呼ばれたる

がある。「実朝忌」は東京中央支部の、「逃げ水」は「しゃん句会」の、「春光」は「はちまん句会」の特選句。「春光」は「はちまん句会」の兼題で、私は次の作品を投句した。

春光や父の手擦れの二眼レフ

鎌田俊の句は、かつて自裁した妹・真理をモチーフにした映画「愛情物語」のワンシーンを思いださせた。主人公の少女はバレリーナ。室内は白い漆喰の壁だが、全体として薄暗い。

窓からの早春のひかりの中に少女は爪先を上げている。黒のレオタード、白のストッキングとトゥシューズ。曲は白鳥の湖。少女は滑るように踊りだす。鎌田俊の句は、まるで私の演出した映画のシーンを切り取った作品。「映像の復元力」の効いた一行詩。

立春やコンビニで買ふ茹《う》で玉子　若宮和代

同時作に、

保存しますか削除しますか建国日

いぬふぐりうつむいてゐたつもりはない

があり、二句とも面白い。特に「建国日」は、ケイタイ・モバイルのメールから発想し、それを「建国日」に繋げた風刺の句。それに対して、「立春」の句はさらによい。コンビニで買ったのが茹で玉子というのが効いている。この茹で玉子は殻から外した状態。立春の光の中で、殻を剝いたばかりの茹で玉子が光沢を放っている。いかにも立春にふさわしい一行詩。

啓蟄《けいちつ》や白きご飯の炊《た》き上がる　長谷川眞理子

絵画的でシュールな一行詩の名手である長谷川眞理子にしてこの一句は、素直すぎるほどストレートな叙景詩。「啓蟄」とは、爬虫類や地虫が冬眠から覚めて穴から出てくること。例句としては、

啓蟄の蚯蚓《みみず》の紅のすきとほる　山口青邨

水あふれゐて啓蟄の最上川　森澄雄

啓蟄や指輪廻せば魔女のごと　鍵和田秞子

などがあるが、長谷川眞理子の作品は鍵和田秞子と同様に、「啓蟄」の季語は直接中七下五に意味が繋がらない。「や」という切れ字が、断絶を示している。しかしながら、季語として使用している以上、必ずしも中七下五とが無関係だという訳ではない。啓蟄は陽暦の三月六日ごろなので、冬眠の生き物も、人間も明るい光の中で生命を躍動させている。それが鍵和田秞子の場合、自分の指輪を廻してまるで魔女のようだ、と興じている作品。一方、眞理子の場合は、まっ白なご飯が炊き上がった喜びとなっている。私は生命賛歌を一句に結実させた映像の一句に、気持ちよく共感した。

野火走り来しカエサルに火の匂ひ　青柳冨美子

同時作に、

ふらここの空蹴り上げてゐる孤独

があり、共に特選に取った。「野火」とは、野を焼く火のことをいう。野火の中を走ってきたカエサルに、その野火の匂いがする、という奇想が面白い。勿論、日本の農耕行事とカエサルは何の関係もない。では、作者はなぜカエサルと野火を結びつけたのか。答は、私の二つの句の中にある。

カエサルの地はカエサルへ源義忌

将門の関八州に野火走る

つまり、カエサルの地に野火が走る、という訳だ。青柳冨美子の描くカエサルは角川春樹ということ。角川春樹とカエサルをダブらせた複式夢幻屋外能の世界である。

入口の見えないホテル春の雪　　松永富士見

同時作に、

鬼やらひ耳のうしろの耳の影
亀鳴くや手ぶらでゆけぬ黄泉《よみ》の国
花の雨すこし鳴らして電話取る
薄氷《うすらい》を踏んでしまひし痛みかな

があり、どの句もある水準を示している。「春の雪」の句は、短編SFの傑作『緑の扉』を思いださせた。主人公はある時、路上で緑色の扉のある建物を見つけた。日常に忙しい主人公は気にかかるもののいつでも入れるものと思い、そのまま素通りしてしまう。他日、緑色の扉のある建物を探したが見つからない。そうすると、緑色の扉のある建物を探すことが主人公の目的となってしまう。まぼろしのような緑の扉。松永富士見の「入口の見えないホテル」も、私には「緑の扉」のような存在に思えた。この句を特選に取った「はちまん句会」の男性陣は、「入口の見えないホテル」は、ラブホテルのことだと指摘した。この原稿を書きながら、なんと夢のない奴らだと思った。しかし、残念ながら私がロマンチックすぎたらしい。正解は春の雪が積ったラブホテルの入口を捜す男女だったとのこと。前にも書いたように、句意が二つに分かれる場合、良いほうに解釈するというのが批評の立場である。それにしても、クソ！

スターバックス方舟《はこぶね》となる春の雷　石橋翠

春の雷雨に閉じ込められた作者が、スターバックスの空間を方舟に見立てたユーモアのある一句。この句は、現代の固有名詞であるスターバックスを持ってきたことが手柄となっている。例えば次の作品だ。

東急ハンズに手帳を買つて年の内　鎌田俊
煤《すす》逃《にげ》の丸善に買ふ糊《のり》ひとつ　伊藤三十四
ドトールに長居してゐる鳥《とり》曇《ぐもり》　斎藤隆顕
風光るマーマレードを麵麭《パン》につけ　松下由美

同時作に、

つちふるや壊れたラジオが鳴り止まぬ
帰るもの流るるものみな二月尽

があり、両句とも佳吟。「つちふる」の句は、下五の「鳴り止まぬ」が良い。「二月尽」は、「帰るもの流るるもの」が鳥などを具体的に出さなかったことが手柄。つまり、生命あるもの全てを含むからである。作者の頭の中では、人間がイメージされている。「風光る」の句は、三月の「しゃん句会」の投句。「風光る」は兼題だった。私の作品は、次の句だ。

光る風父のライカを首に吊り

松下由美の句は、日常の中に詩を見出した作品。台所俳句ではない。いかにも春らしい明るさに満ちた一行詩。マーマレードをパンにつけるという日常の細やかな行為が、「風光る」の季語を得て詩になった。季語が持つ力は計り知れない。季語のない作品でも魅力ある作品が「河」の中でも多く見られるが、季語を駆使することは「魂の一行詩」の基本だ。なぜなら、季語は「いのち」そのものだからである。

春菜茹でて一日しやべらなかつた　倉林治子

同時作に、

蛇穴を出てまなうら熱くしてゐたり

があり、この句も良い。しかし、「春菜茹で」の句のほうが作意がなく、日常の中のドラマ性がある。別に一日中話をしなかったのは「春菜を茹で」たせいではない。しかし「春菜を茹でる」という季語が、松下由美の句の「風光る」と同様に、中七下五の「一日しやべらなかつた」を導きだした。下五の「しやべらなかつた」という突き放した表現も成功した。倉林治子の句の場合、私の自信作である次の一行詩と同様、散文と韻文とのぎりぎりの境に位置するが、韻文のほうに針が振れるのは「季語」との勝負ということになる。季語が一句の中で目立ちすぎず、さりとて季語がポイントとなる句作りが成功の要因となる。

ゆく年のバスはもう行つてしまつた
ゆく年の静かなクロールが横切る

父とか母とかどこかに浮かんでゐる二月　山田友美

同時作に、

梅月夜越えゆくもののいくつあり

があり、この句も「越えゆくもの」が何であるか具体的に示さなかったことが成功している。「二月」の句の勝負は、上五の字余りである。「父とか母とか」の措辞にある。従来の俳句では否定される要素の口語、卑近な日本語がこの一行詩の生命であり、魅力となっている。作者山田友美と彼女の両親との距離は、昨年の次の句で推測できる。

父といふ彼に「さよなら」告げし秋

この句から、山田友美と彼女の両親との関係が断絶していることが解る。故に、中七下五の「どこかに浮かんでゐる二月」なのだ。季語の「二月」は、一月でも十二月でも意味を持ちすぎ、四月や五月では「明」になってしまう。しかし、二月が絶対な季語と断定する訳にはいかない。と言って、作者の主観を無視する訳にもいかない。そして、一行詩の立ち姿を眺めた時、二月の季語で充分に成り立っている。上五の「父とか母とか」の措辞は、山田友美という若い作者の感性の語感として、私は受け入れた。

しゃぼん玉ふくらんでゆく孤独かな　　岡本汀

同時作に、

借りものの服でデートや桜の夜

蛇穴を出れば知らない町でした

があり、十六歳の高校生の本音の生き方が、はっきり汲みとれて清々しい。そして新鮮。「しゃぼん玉」の句は、下五の「孤独かな」によって、くっきりと若い作者の本音の「自己投影」がなされ、気持ちがよい。岡本汀の一行詩に賭ける情熱は本物。初期の次の作品と並べて眺めてほしい。

スカートを短めにして貸しボート

駅蕎麦に七味をきかす春しぐれ　　阿部美恵子

今年の春、映画「蒼き狼　地果て海尽きるまで」のキャンペーンで富山に行った。俳優の松山ケンイチ、平山祐介、Ａｒａ《アラ》が同行した。富山から金沢への移動は列車となったが、ホームにある名物「立山蕎麦」が気になった。乗客もこの駅蕎麦が有名であることを知っていて、絶えず立ち食いの列に加わってくる。すでに朝食をすましていたにもかかわらず、自販機で一杯ぶんの蕎麦と天種を買った。しめて四五〇円。だが予想を裏切る美味！　さっそく役者やマネージャー、松竹の宣伝部も加わって、たった一杯の天ぷら蕎麦をなんと八人で食べ合った。一人二口ずつ。勿論、七味は八人全員がそれぞれ少しずつかけた。阿部美恵子の「春しぐれ」の句は、その時の光景をあぶり出した。駅蕎麦の句の「いのち」は「春しぐれ」にかかっている。春しぐれだからこそ、中七の「七味をきかす」がリアリティをもって効いてくる。そしてなにより、町の蕎麦屋ではなく、上五の「駅蕎麦」なのがよい。「映像の復元力」の効いた作品。

初春や少女が爪に花咲かす　　たぅち

同時作に、

父とゐて交はす言なくしじみ汁

がある。岡本汀が十六歳の高校生であれば、たぅちは二十歳の尾道大学の女子大生。尾道大学の「魂の一行詩」講座から、聴講生の山田友美が、現役の学生としてたぅちが「河」に入会した。たぅちの句は、いずれ本格的に取り上げる予定だが、今回は「初春」の句に絞る。中七下五の「少女が爪に花咲かす」の措辞は、ネイルアートのこと。しかし、ネイルアートの少女の姿を「爪に花咲かす」とは、なかなか言えない。そして、上五の「初春」によって、この句は詩になった。勿論「クリスマス」でも「バレンタインデー」でも成り立つが、下五の「花咲かす」となれば、ここはやはり「初春」だろう。

こもをきて誰人《たれ》ゐます花のはる　　芭蕉

最後に、当月集、半獣神、河作品から今月号の佳吟と作者名を列挙する。

越冬せし蝶の羽音のさはさはさは　石田美保子

冬耕の土こぼしつつ戻りけり　本宮哲郎

春の山自転の音のしてゐたり　野田久美子

四丁目を疾駆してをり恋の猫　山口奉子

雛ぼんぼり灰になるまで女です　林佑子

爪切つて春愁の指残りけり　川崎陽子

菜の花の黄の国境となりにけり　松下千代

ひらがなのやうな母ゐて欅の芽　佐野幸世

灌仏のあふれだしたる堰の水　原与志樹

春あけぼの憲法九条抜きをり　市橋千翔

対岸の水さりさりと青き踏む　井桁衣子

不揃ひの飴口中に雨水かな　鍵岡勉

二・二六そうだチョコレートパフェを食べに行こう　愛知けん

吉野から大和へ歩く建国日　福原悠貴

一塊の肉を煮てゐる万愚節　浅井君枝

俳人の耳立ててをり亀鳴けり　及川ひろし

蘇我入鹿雛の首をわしづかみ　本多公世

とある日のとある酒場に亀鳴けり　鈴木季葉

近江はや暮色の野火となりにけり　小川江実

顔パックゆつくり剝す朧かな　中西史子

晴耕の雨読のと言ひ春の風邪　吉川一子

朧夜の裸身となりて屈まりぬ　吉野さくら

大寒のかなしきふぐり生きてをり　鎌田正男

鳴くほどに亀の孤独となつてをり　西澤ひろこ

冬ぬくし豆腐に臍のあることも　中野彰一

ひばりひばり僕は歩いてここに来た　小林政秋

子と頒つ漂泊のあり夜の桜　川越さくらこ

蕗の薹月にメールを送りけり　鈴木照子

発光しきのふが葦の芽となれり　玉井玲子

竜天に登る私も連れてつて　小田中雄子

鳥雲に貴方はもう行つてしまつた　山仲厚子

あのあたり巣鴨プリズン風光る　西川僚介

たんぽぽの咲くこの道を来たりけり　竹本悠

小春日の空は聖衣の青である　伊藤実那

雛の間と隣あはせの開かずの間　朝倉みゆき

紅さして彼待つ夜の花の雨　栗山庸子

自販機に釣銭のこる四月馬鹿　岡本勲子
子が吹いて母が吹き足す紙風船　加賀富美江
ちやらちやらと装うてゐてふと春愁　山本静江
あたたかやぷーさんとゐる日曜日　松澤ふさ子
冬の虹ライターのない部屋にをり　石井隆
おぼろ夜の花見小路の白き首　塩谷一雄
からつぽのコップのなかに春が来る　はやしゆうこ

（平成十九年「河」五月号）

9　虎落笛売ります

遅き日のわたり来し橋いくつかな　　大森健司

同時作に、

行く春やわりきれぬ数のこるなり

春の雪ひとりはやはりひとりかな

出ることばすべてがさむく啄木忌

があり、右の掲出句は全て佳吟。特に「遅き日の」の句に感慨を深くした。今月号の当月集の中で一番の秀吟。昨年「河」八月号の次の作品以来の共振れした作品。

炎天やあるべきものがそこにある

今月号の健司の全作品にいえることだが、紛れもない寂寥感はいったいどこから来るのであろうか。一言ですますことのできない青春の屈託と過ぎゆく青春の哀しみが胸を打つ。「遅き日の」の下五の「かな」は、「春の雪」の句と同様の詠嘆として使われている。この「かな」の働きも良い。それがいっそうの読者の共感を得るからだ。「わたり来し橋」は勿論、現実の橋ではない。過去の象徴である。同時に「遅き日の」は倦怠と屈折の暗喩である。志を抱く健司にとって肉体が蹤《つ》いてこられない。その悲しみが全作に通底しているのだ。しかし、詩はそこから生れてくる。

閉店カフェー虎落《もがり》笛売ります　林佑子

同時作に、

荒波をきのふけふ見て雛納む

虐殺忌罠かも知れぬ日溜りは

鯛焼のまだ生きてゐる温《ぬく》さかな

があり、特に「鯛焼の」の句は類想のない面白さを持った一句。「虐殺忌」と「虎落笛」の句は、私が出席した札幌支部の句会の作品。二月二十日の小林多喜二の忌日の句は、「河」五月号に私の次の二句と堀本裕樹の作品が掲載されている。

日輪の黄なる夕べや虐殺忌　角川春樹

蛤《はまぐり》の舌出す夜の虐殺忌　〃

虐殺忌ワイングラスを割りにけり　堀本裕樹

私は今月号の林佑子の作品に感心した。特に「虎落笛」の句は「盆栽俳句」から決別し、「魂の一行詩」を実践している支部長の勇気ある転換が、結実した作品群であるからだ。勿論、閉店したカフェが、在庫品として虎落笛を石笛や鳩笛と一緒に並べてセールしていた訳ではない。閉店したカフェにビルの間から悲鳴のような北風が吹きつけている景を詠んだ作品。本来の中七は言語の緊迫感を出すために字足らずとなっている。また上五は、「カフェー閉店してをりぬ」を七音に短縮して、即物的に置かれている。そして一句全体が、「魂の一行詩」として鋭い感覚を示している。

缶ビール手にして春を惜しみけり　　松下千代

同時作に、

風吹いて花の舟なる牡丹かな
さわさわと地下水聞こゆ春《はる》筍《たけのこ》
或るをんな桜吹雪に消されけり
子雀にあやされてゐる老女かな

がある。「缶ビール」の句は、簡明《シンプル》にして充分な一句。一句の立ち姿がよく、しかも新鮮な作品。作者の「自己投影」が一句全体に響き、また、「映像の復元力」の効《き》いた佳吟である。

さよならをうまく言へさう飛花落花　　北村峰子

同時作に、

指切りの指が裏切る春ショール
三鬼忌を明日に手振れする画像

があり、癌に生きる北村峰子の体調が推察される。それ故に、「飛花落花」の作品に、読者である私は思わず、「止《や》めてくれ！」と叫んでしまった。しかし、まるで私を慰めるかのように、次の一句が隣に置かれている。

生きむとすキャベツの芯のやはらかき

「飛花落花」の句意は説明するまでもない。正しく絶唱の一句。私が峰子の作品批評を書くことと、峰子が私に句をぶっつけてくることは、言わば二人の往復書簡なのだ。少なくとも、私はそう思いつつ、この原稿を書いている。

たんぽぽに小さな椅子の置かれあり　　春川暖慕

同時作の、

瞑《めつむ》りて橅《ぶな》の芽吹きの中に居り

は、しみじみとした一句でこの作品も実に良い。だが、「たんぽぽ」の句はさらに良い。小さな椅子は多分作者の物ではなく、子供用なのであろう。それ故に、上五の「たんぽぽ」との対比が絶妙なのだ。一面に咲いているたんぽぽの中に、小さな一脚の椅子が置かれている。しかし、椅子に座るべき人間は存在しない。椅子がある以上、その主《ぬし》はすぐに戻ってくるに違いない。何か童謡の中に出てくるようなメルヘンの世界。春川暖慕らしい暖かな作品。

光年の孤独を亀の鳴いてゐる　　野田久美子

人間の存在そのものが、大いなる銀河の一点にすぎないと同時に、人間もまた宇宙を在らしめている存在でもある。かつて私の句集『猿田彦』の解説を書いた文芸評論家の磯田光一氏は、角川春樹の魂は銀河にあると指摘した。また、詩人で小説家の辻井喬氏は、私のことを天の川から来た孤独な訪問者としてとらえた。光年の孤独者は私でもあり、作者であることも可能である。その人間存在も、永遠の時の流れの中での、これまた一点にすぎない。「魂の一行詩」の要である「永遠の今」を詠うことは、詩人としての在り方に関ってくる。野田久美子は「亀鳴く」の季語を使って、人間の本質的な寂寥感を詠おうとしている。次の一句が参考になろう。

根源のいのちが淋し天の川　角川春樹

ゆるみなき歳月花は葉となれり　髙田自然

同時作に、

花夕焼あしたへ続く吾の今

風評はぶらんこ揺してやつて来る

花吹雪ときには蕩児たるもよし

があり、特に「花夕焼」という措辞の発見は、従来の「夕ざくら」という手垢のついた言葉を使ってきた私にとって、実に新鮮。私自身も「花夕焼」の季語を駆使した作品をいつか生み出すつもりだ。「花吹雪」の句は、〇七年十月に刊行となる『飢餓海峡』の、次の私の一句と対比して眺めて貰いたい。

死に処《どころ》なき蕩児来て花の雨

「花は葉」の一句も、「永遠の今」を言い止めた作品。「無常迅速」という東洋の思想を作品化した秀吟。

エープリル・フール少女を追つて少年が　田井三重子

同時作に、

けふ一輪都忘れの咲きにけり

があり、澄んだ水のような一行詩。作品としては、「エープリル・フール」よりよいかもしれないが、万愚節《ばんぐせつ》の季語を使った歳時記の中にも、全く類例のない新鮮な作品となっているので、この句を取りあげた。中七下五の「少女を追つて少年が」という措辞が抜群の働きを示している。終止形ではなく、現在進行形の少年が少女を追いかけている行為が躍動的だ。この句、中村草田男の次の代表句と比較して眺めるとよい。

少年の見遣《みや》るは少女鳥雲に

黒いゴミ袋に梅が散つてゐる　堀本裕樹

同時作に、

消火器と並んでゐたり鳥ぐもり

があり、「黒いゴミ袋」とは同レヴェルの秀吟。次の鎌田俊の作品と並べて後述するので、ここでは触れない。俳句の世界では、乾いた抒情という手垢のついた表現をすることがある。いったい、なにが乾いた抒情なのか、例句なしで安易に口にする言葉だ。「魂の一行詩」は、明確に現代の抒情詩と宣言しているが、乾いた抒情詩という表現に相応しい実例に出合うことは稀である。だが、堀本裕樹は今回、実作をもって示した。両句とも、今月号の半獣神の中で一番の推奨に価する作品。現代の日常生活にある黒いゴミ袋。そして「桜」以前の「花」と言えば「梅」であり、さらに遡れば「桃」が代表的な「花」である。堀本裕樹は古典的な美意識の象徴である「散る梅」を黒いゴミ袋の上に出現させた。触れれば血を噴くような一行詩である。

ハンガーのぶらさがりゐる鳥曇り　　鎌田俊

同時作に、

消しゴムよりするすると春愁ひ

があり、この句も現代の抒情詩として成功しているが、「ハンガー」の句は、堀本裕樹の「消火器」と並ぶ今月号の半獣神の中で頭抜けた作品である。そして、「ハンガー」の句も、「乾いた抒情詩」の代表句と言ってさしつかえない。両句とも、季語は「鳥曇り」で三月の「はちまん句会」の兼題であった。次の句は、私の札幌支部句会での投句である。

鳥ぐもりひとりボールを蹴つてをり

堀本裕樹の「鳥ぐもり」は、自分自身を消火器と同格の物として置くことによって、現代人の屈折したペーソスを詠い、鎌田俊は何もかかっていないファンシーケースのハンガーが並んでいる景を、一行の詩として詠んだ。何よりも、日常の中のドラマトゥルギーを一行詩として結実させた秀吟である。「消しゴム」の句も中七の「するする」が春愁にも消しゴムにも通じて、措辞が巧みである。「するする」という擬声語が効果をあげている。

悦ちゃんの帽子に春の来てゐたる　　若宮和代

同時作に、

朧夜の尻尾を踏んでゐたりけり
逃水やメリーゴーランドの馬車に乗る
黄沙降る木下大サーカスの来て

があり、どの句も佳吟である。悦ちゃんとは、浜松の服飾店の市川悦子のことである。市川悦子は、「河」に次の句を発表している。

すぐそこにショパンの雨と春がゐる　　「河」四月号
クリスマス父と歩いた夜がある　　二月号

若宮和代にとって、年上の市川悦子はかけがえのない存在となっている。そのことが上五中七の「悦ちゃんの帽子に春の」の措辞となって現れている。しかし、「河」以外の読者が「悦ちゃん」という固有名詞を知る道理もない。にも関らずこの句は成立するのだ。読者は

悦ちゃんが何物であるかを知らなくても、この句の暖い手触りは共感できるからである。一例をあげると、

弥兵衛とはしれど哀《あわれ》や鉢叩　蟻道

そなさんと知っての雪の礫《つぶて》かな　沢田はぎ女

草枯に真赤な汀子なりしかな　高浜虚子

等、実例はいくらでもある。今年のバレンタインデーに私は悦ちゃんから黒のソフト帽をプレゼントされた。

からつぽの胸に水仙灯しゐる　鈴木季葉

同時作に、

花吹雪語りてもなほ母の恩

次の世はわたしの子供よお母さん

まだあたたかき母の乳房に口づけす

があり、どの句も母を失った切実な悲しみが深い。特に季語のない「次の世」の句は、多くの読者の魂に響くだろう。「水仙」の句は、正しく母を失ったからっぽの胸中に水仙が灯りとなって点った一句。上手とか下手とか俳句ではとやかく言うが、「魂の一行詩」では、「水仙」の句を「いのち」と「たましひ」の一句として、おのが「いのち」を運ぶ佳吟なのだ。四月二日の札幌支部の句会の席上に、鈴木季葉は母の葬儀のためにいなかったが、私は次の

悼句を句会に出した。

白鳥の蕊《しべ》をこぼして帰りけり

花ミモザ憎みて父の恋しき日　石橋翠

同時作に、

女子寮へ荷がつぎつぎと霾《つちふ》れり

があり、この句も良い。しかし、「花ミモザ」の句は、さらに内容が深い。句意は何の説明も必要としない。私は父・源義についてたびたび書いてきたし、第三者の文芸評論家の山本健吉氏を始め、多くの文筆家が私と父との激しい闘いに触れてきた。愛憎ともどもに抱いてきた父に、憎しみが消え愛だけが残ったのは、父の死後である。憎むべき対象である肉体がないからである。石橋翠の作品を読む限り、彼女の父親は存命なのであろう。死後であれば、今私が述べたように、中七の「憎みて」はなくなってしまうからである。石橋翠の「花ミモザ」の句は、三月の東京例会で最も多くの支持を獲得した。

警察犬の陰《ほと》なめてをり春の暮　松永富士見

松永富士見の「春の暮」の句は、四月の「河」東京例会で特選に取った。犬も猫もおのれの手足を舐める光景を目にすることがある。だが、陰《ほと》を舐めている犬を見たことがない。しかも、それが警察犬であると言えば、勿論、別な意味が生じてくる。松永富士見が現実に陰を舐めている警察犬を目撃したのかもしれないが、それを「実」と読者は受け取る必要はない。むしろ、「実」ではなく「虚」として受け取ることを作者は期待している。警察官の不祥事は今に始まったことではない。大阪で起った警官汚職や北海道県警の裏金作りなど、氷山の一角でしかないことを、私は知っている。そして、警察機構はその恥部に対して、常に組織的な隠蔽《いんぺい》工作を計ってきた。松永富士見の句は、そうした警察に対する風刺として読みとることが可能であり、またそうでなければ一句としての魅力もない。季語の「春の暮」は、その上で成り立っていると解釈すべきだ。堀本裕樹の次の代表作がそれを証明している。

天皇が突つ立つてる秋の暮

行く春や男の乳首寂とあり　梅津早苗

同時作に、

新宿に鮫がうごめく余寒かな

があり、両句とも四月二日に行なわれた札幌支部の句会での作品。「新宿に鮫」の句は秀逸だが、「行く春」は特選に取った。「行く春」の季語で、このような作品を私は読んだことがない。強烈なインパクトをもった一行詩。しかも、多くの読者の視線を離さない磁力を持っている。勿論、従来の「盆栽俳句」の対極にある。梅津早苗の志の高さは、昨年行なわれた「河」全国大会での次の一句が示している。

秋天やわが詩の革命はじまりぬ

梅津早苗の詩の革命を少し追ってみよう。

老人がジルバを踊る雛の日　「河」五月号
啓蟄やまんが喫茶で待ち合はす　六月号
たましひの羽化のはじまる一行詩　七月号
逃水へジェームスディーンの疾駆する　八月号
巴里祭セールスマンの影深む　九月号
西日中同性愛者の路地ぬける　十月号
ランボーの詩の空白を泳ぐなり　十一月号
秋風や父の尾骨の忽《こつ》とあり　十二月号
文化の日マクドナルドの混んでをり　一月号
黄落や修司がダリと出会つた日　二月号
夜叉になる口より椿こぼしては　三月号
建国日路上ライブのエレキ鳴る　四月号
蝌蚪の夜ネットに居場所さがしをり　五月号

この一年の作品を眺めると、従来の「俳句的俳句」とはまるで異った位置に作者は立っている。堀本裕樹、鎌田俊、福原悠貴、滝口美智子が半獣神から当月集に移った現在、半獣神の中では若宮和代、愛知けん、長谷川眞理子、石橋翠、鎌田正男といった実力者と共に目を離すことのできない一行詩人として、これから生み出されてくる作品に注目している。次の私の句は、梅津早苗に対する挨拶句である。

春愁のをんなの臍の寂とあり

夕暮の花舗に来てをり啄木忌　林風子

同時作に、

流し雛拉致《らち》の国まで行けますか

啓蟄やふんはりかへる玉子焼

がある。啄木忌と言えば、私の次の句が毎日新聞に取りあげられていた。従来の啄木忌に因んだ例句は、啄木の境涯が影を落した暗い作品が多かったが、角川春樹の句は直接的に啄木と繫がらない明るい作品として、紹介されていた。

少年に窓の若葉や啄木忌　角川春樹

それでは、啄木と直接的に繫がる例句として、

啄木忌いくたび職を替へてもや　安住敦

あ・あ・あ・とレコードとまる啄木忌　高柳重信

私の句集『存在と時間』を生原稿の状態で選句したのは、西川僚介慶應大学教授で、「はいとり紙句会」のメンバーであり、「河」の会員でもある。西川僚介は私の啄木忌の句に感銘して、俳句を始めた。彼は作句を始めて二年後に、「はいとり紙句会」で次の句を発表した。

とある日の花を買ひをり啄木忌　西川僚介

その後も、彼は「はいとり紙句会」で佳吟を発表しているが、西川僚介の「啄木忌」ほど私が感銘した啄木忌の句はない。林風子の作品は、西川僚介の「啄木忌」以来の作品として注目した。「映像の復元力」も「リズム」も「自己投影」も効《き》いた佳吟である。そして、なにか懐かしい風が私の胸の中を通り過ぎた。

ふと妻の首絞めてをり万愚節《ばんぐせつ》　杉林秀穂

同時作に、

神田川花と時代の流れけり

汐まねき当分あの世へは行かぬ

があり、二句とも杉林秀穂の現在の感慨が一句の中心を成している。「神田川」は「河」の吟行句の所産。かつて一世を風靡した「かぐや姫」の「神田川」が思いだされ、同時に現実の景である神田川の落花に思いを馳せて詠った作品。「汐まねき」の句は、これも杉林秀穂の今の偶感を一句にしたためた。かつて杉林秀穂は、東京中央支部の句会で次の一句を発表して、出席者全員を驚かせた。

曼珠沙華嚙み殺したいほど妻が好き

今回の「万愚節」の句も、四月の東京中央支部で一同を驚かせた作品。句意は明瞭。愛妻家である杉林秀穂が、今度は妻の首を絞めるという一句。しかし、下五の「万愚節」よって、救われた気持に私を除く出席者を納得させた。勿論、ユーモアの句。だが、私の経験から言って、「愛」の究極、あるいは地獄かもしれないが、愛するが故に殺したくなることは必然ではないのか。文芸評論家の福田和也は、著書、『春樹さん好きになってもいいですか』の序で、「女に刺された、という三箇所の傷をみせびらかすのもやめてください」と書いているが、小説家の藤田宜永がある時、六本木のＢＡＲ「オマージュ」で、

「春樹さん、どんなに遊んだと言ったって、女に刺されたことはないでしょう?」

「藤田、お前は刺されたことがないのか?」

「残念ながらありません。でも春樹さんだってないでしょう?」

「あるよ」

私はワイシャツの袖を捲って、

「ほらっ」

私の三ヵ所の刺された傷を確かめて、

「失礼しました」

と、藤田は頭を下げた。

朧夜の少女はうすき殻を脱ぐ　藤田美和子

この句も四月二日の札幌支部句会の所産。朧夜に少女が薄い殻を脱ぐ、という詩の感性に感心して特選に取った作品。当然ながら、「盆栽俳句」とはかけ離れている。正しく現代詩の世界。「少女はうすき殻を脱ぐ」という措辞が素晴らしい。私が東京例会で投句した、次

の一句も藤田美和子の作品鑑賞の参考になろう。

春愁の少女に羽化のはじまりぬ

五番街のマリーのその後桜東風《ごち》　中西史子

桜東風とは、春になって、東あるいは北東から吹いてくる風のこと。季語として承知しているが、例句が少ないだけに、この句を批評することは歳時記に収録できる、ということだ。今月号の「河」の投句に、もう一句、仕合尚子の「桜東風」作品があった。

ゆめの字の大きな余白桜東風　仕合尚子

「五番街のマリー」は、「かぐや姫」の「神田川」をモチーフにした杉林秀穂と同様である。「かぐや姫」の「神田川」から十年後に、高橋真梨子の「五番街のマリー」がブレイクした。当然ながら、中西史子のこの句は「五番街のマリー」の歌を前提にして成立している。歌の主人公のその後は、誰も知らない。日本が戦争に負けた後、「上海帰りのリル」という歌謡曲が大ヒットした。歌詞の内容は、上海で活躍していたリルが戦後帰国したが、誰もその所在を知らない。誰かリルを知らないか？　と、その後のリルを探し求めるラブ・ソング。中西史子の句のモチーフも、上海帰りのリルのその後と同じく、「桜東風」の季語を得て成り立った。史子の句も、梅津早苗の「行く春」、藤田美和子の「朧夜」に続いての特選句。三人が三人共、従来の俳句から脱皮した作品を発表した。

のつぺらな家族が浮かぶ蜃気楼　　山田友美

同時作に、

亀鳴くやこころに赤いものを飼ひ

逃水の逃げ場所なくて此処《ここ》にゐる

淋しさも春のこころとなりにけり

ぶらんこや少し錆びたる昼の音

があり、この一年間で急速に力をつけてきた新人の佳吟。山田友美は以上の作品で、三月の「はいとり紙句会」でトップを取った。「蜃気楼」の句を除けば、「ぶらんこ」の句が特に良い。中七下五の「少し錆びたる昼の音」の措辞が申し分ない。錆びた音がブランコにも、昼の街の音にも、作者の心理的な音にも通い合うからである。

「蜃気楼」の句は、「河」五月号の山田友美の次の一句と同様のモチーフである。

父とか母とかどこかに浮かんでゐる二月

山田友美が両親と断絶している現実をモチーフにした人間諷詠である。従来の俳句が概して自然諷詠であったことを考えると、「魂の一行詩」の中に、人間諷詠をモチーフにする可能性を示した一句となった。このことは、私の現在の句境に合致している。十月刊行の『飢餓海峡』から拾ってみると、

ゆく年の浮き輪を持つてゐる家族

楪《ゆずりは》や母を叱りしさびしさよ
着ぶくれて俺はどうすればいいんだ
夕東風や家族漂流してゐたる
冬のブランコ北村峰子の現在地
押入れに棲みたる鬼を父と呼ぶ

等の作品を眺めれば、納得できるであろう。山田友美の「蜃気楼」も「二月」も、山田友美という若い作者の感性の語感が生み出した作品。それが上五の「父とか母とか」「のっぺらな家族」という表現となった。勿論「蜃気楼」という季語が「いのち」となっている。三月の「はいとり紙句会」の兼題が「蜃気楼」であり、私は次の作品を投句した。

蜃気楼立入禁止の向かう側

ひらがなの絵本を読んで聖土曜　松下由美

同時作に、

夜桜やハンバーガーを食べに出る
マンホールのねずみ男に亀鳴けり
逃げ水や君が代唄ふ母が消ゆ
惑星の青の時代に蠅生まる

があり、特に「逃げ水」の句が、「しゃん句会」のメンバーの共感を呼び、高得点を獲得した。松下由美の作品を眺めると、彼女の句も「人間諷詠」をモチーフにしていることが理解できるであろう。本年度の河新人賞を受賞した松下由美の今月の投句で、一番強く印象を持ったのは、「聖土曜」の作品である。
「聖土曜」とは、復活祭直前の日曜日から始まる一週間の土曜日。この日、キリストの遺骸が墳墓に安置された。例句としては、

気象庁開花宣言聖土曜　景山筍吉

ぐらいしか見当らない。それほど例句が極端に少ない。私の最新詩集『飢餓海峡』の中に、復活祭の句に続いて「聖土曜」の句が一句だけ収録されている。

船の灯にジャズの洩れくる復活祭
聖土曜雨の茶房の暮れゆけり

松下由美の「聖土曜」の句は、上五中七の短歌でいうところの序句に対して、結句の役割を果す下五に「聖土曜」が置かれている。言わば、「ひらがなの絵本を読んで」は聖土曜を引き出すために存在するにすぎない。つまり、あまり意味を持たないように、日常的な行為が描かれている。私の句を例にとると、

雨の夜の止り木にゐる西行忌
山の上ホテルのバーに健吉忌

「健吉忌」「西行忌」等の強い季語を下五にもってくる場合、上五中七の序句はなるべく日常的な景や行為をもってこなければならない。このことは忌日だけではなく「復活祭」「終戦

日」「降誕祭」などのインパクトの強い季語のほとんどについて言える。だからこそ、「聖土曜」に到る上五中七はさりげなく切り出さなければならない。「ひらがなの絵本」を読む行為は、直接季語に繋がる必要はない。しかし、全く断絶してしまうのも多少問題が残る。むしろ、この「聖土曜」の場合、上五中七の底流に聖土曜に対する意識が働いていればよい。また具体的な絵本の題名を出さないのがよい。読者のイメージの広がりが薄れてしまうからである。むしろ読者に想像させることが肝心である。松下由美の「聖土曜」も、例句として歳時記に収録されるであろう。

陽炎は沖ある父の帆をたたむ　川越さくらこ

同時作に、

桜蕊降る降る夜に故郷捨つ
脱ぎ捨てし糯袢《じゆばん》のぬくみ花あやめ
子の揺らす夜明けの桜吹雪きけり

がある。なかでも「花あやめ」の句が良い。エロス（生命）とタナトス（死）が文学の根本だ、と言ったのは三島由紀夫である。「花あやめ」の句は、エロスの作品として成功し、「陽炎」の句は、「タナトス」の句として成功した。川越さくらこは松下由美と同様に本年度の河新人賞を受賞した。その受賞第一作として、「陽炎は」の句は充分に手応えのある一句となった。「陽炎は」の句は、昨年発表された滝口美智子の次の代表作をあぶり出させた。

父ひとり陽炎を食《は》みこぼしをり

滝口美智子の「父」が存命のことは、一句全体で汲みとれる。一方、川越さくらこの「父」は、少なくとも句を見る限りは、すでに亡くなっている。「沖」は死者が渉《わた》る場所だからだ。さらに「父の帆をたたむ」の措辞が「死」を暗示しているからである。私の次の一句が参考になろう。

流灯の咲きつぐ沖へ父流す

川越さくらこの「陽炎」は勿論、幻の象徴として置かれている。幻の父が沖にあって船の帆を畳んでいるのだ。詩の世界では、生きている父や母を殺すことも許されている。俳句が写生という幼稚な作句方法を提示し続けるならば、永遠に詩として成熟することはあり得ない。なぜならば、詩の真実は「実」より「虚」の方が大きいという前提に立っているからである。だから、川越さくらこの「父」が存命であるかないかということは、さほど重要ではない。大事なのは、詩として彼女の作品が成熟しているか否かという一点である。少なくとも、川越さくらこの「陽炎は」の句は、私の「流灯の」の句を越えている。

菜の花や少年ペニスを撫でてをり　丹羽康行

鈴木真砂女の句を、奇麗ごとだと言ったのは川柳作家の故時実新子である。このことは、俳句と川柳の違いを指摘しての発言にすぎない。短歌の世界でも、現代詩でも俳句のような奇麗ごとですますことはない。俳句は「ふぐり」「陰《ほと》」のような言語を代用させて、「ペニス」

という直接的な表現を忌避する傾向がある。しかし、「魂の一行詩」の世界では、俳句のような奇麗ごとですますことはできない。「手淫」「うんこ」という言語についても、それは言える。私の最新詩集『飢餓海峡』以前に刊行された『海鼠の日』『角川家の戦後』から何句か拾ってみると、

勃起《ぼっき》せしわが魔羅《まら》かなし夕ざくら　『海鼠の日』
獄の冬ペニスは暗い森となる　『角川家の戦後』
ペコちゃんの雲古《うんこ》のやうな犬ふぐり　『飢餓海峡』
建国日公衆便所に手淫する　〃
花季《はなどき》の手淫に耽《ふ》ける真昼かな　〃

私が角川書店の編集者であった頃、文芸誌を創刊することになった。誌名を社内で募集したところ、「人間」というタイトルが一番人気があった。その誌名を父・源義に提案すると、父は言下に拒絶した。父の言い分は、

「人間の汚さや汗や血や性が連想されるので、俺は嫌だ」

私はその時、つくづく父の奇麗ごとを嫌悪した。結果、私はもっと過激な「野性時代」という誌名を思いつき、決行した。

丹羽康行の句から、私は森澄雄氏の次の句が頭を横切った。

麦秋の子がちんぽこを可愛がる

しかし、丹羽康行の句は、もっとなまぐさい。少年がペニスを撫でている状態は、手淫を

指すのであろう。性への願望が最も強い青春期に、少年が手淫に耽るのは当然で、当人にとっては多少気恥しいが、それを止めることができない。私は高校時代、手淫に耽っている姿を母・照子に目撃されたことがある。だが、私は平然と射精するまで続けた。母は目を逸《そら》して立ち去った。私は桜季《さくらどき》にペニスが勃起するが、「菜の花」では無理だ。丹羽康行の句は、作者自身の過去なのか、現在の他者であるのか判然としないが、「映像の復元力」の効いた健康な一行詩に思えた。

鳥雲に入り月曜の来てしまふ　菅城昌三

同時作に、

春三月本売つてパン買ひにけり

煮えきらぬ男に山の笑ひけり

がある。どの句も作者の自画像が揺曳されている。考えると、角川春樹賞を受賞した作品も気弱な菅城昌三のうしろ姿が描かれていた。俳句が他者を詠むのではなく、自分を詠むという点を考えれば、結果としてこれほど自己を忠実に詠み続ける姿勢は珍らしい、それも俳句を始めて十年経った今もだ。彼の句の特徴は人生の華ではなく、哀感を詠むことによって読者の共感を得てきた。本年度河新人賞を受賞した菅城昌三のここ一、二年の作品をあげてみる。

白き靴水曜といふ静けさに

炎天に操られたる男かな
降る雪や今年最後のバスが出る
割り算の余りにも似て春寒し
愛鳥日一リットルの水を買ふ
風鈴の国を選ばず鳴りにけり

どの句も、「自己の投影」が結実した作品。第二十七回角川春樹賞の受賞作「熱帯夜」からあげると、

人といふノイズの中の熱帯夜
花火打つ何の祝ひのなき日にも
髪洗ふ亜細亜に赤き夜の来る
偽物の時計が夏を刻みけり

以上のような作品を眺めると、菅城昌三は紛れもない一行詩人と考えられる。今回の「鳥雲に」の句も、等身大の菅城昌三が立っている。中七下五の「月曜の来てしまふ」にサラリーマンの哀感が渋滞なく表現されている。

最後に、当月集、半獣神、河作品から今月号の佳吟と作者名を列挙する。

夜は死んで昼は海月を飼ふ遊び　　山口奉子

人の世をはみだしてゐる桜かな　本宮哲郎

堕天使のあそぶ葉桜月夜かな　石田美保子

春炬燵時間長者となつてをり　川崎陽子

またひとり居なくなりたる花宴　田中風木

春愁や螺旋に回すコルク栓　渡辺二三雄

こでまりや泣くために積む文庫本　滝平いわみ

さくらさくら次の世憶ひ歩きけり　佐野幸世

逃げ水を裏返しては生れ変はり　長谷川眞理子

吊り革の輪の中に消ゆ海市《かいし》かな　大多和伴彦

しゆわしゆわとふつてくる春の偏頭痛　板本敦子
一杯の珈琲に春愁ありにけり　佐藤佐登子
ブランコや恋の流刑地があつた　福原悠貴
花万朶月夜に鰐を泣かせをり　鎌田正男
亀鳴くや奥歯に残る鳩サブレ　蛭田千尋
春愁や散らかつてゐる前頭葉　前迫寛子
しやぼん玉寄り添ひすぎて割れにけり　西川輝美
亀鳴くや長蛇の列のラーメン屋　木下ひでを
地獄絵の穴より蟻の出でにけり　三浦光子

三鬼忌や根のなき花を抱き戻る　滝口美智子

珈琲にむせて三鬼の忌の夜明け　神戸恵子

失業すノラともならず種を蒔《ま》く　髙橋祐子

玉葱に芽の出てバレンタインデー　鎌田志賀子

鞦《しゆう》韆《せん》や光の中で死なせてくれ　宮京子

にんげんに彼岸といふ名の未来あり　坂手運勇

風車まはりて赤き花となる　山田史子

瞬きに声の雲雀となりにけり　鈴木正男

白れんのまつただ中に沈む夜　秦孝浩

さざなみをたてゆく風の光りけり　岡本律子

ふらここの助走始まる帰心かな　仕合尚子

復活祭広告だらけのバスが来る　西澤ひろこ

万愚節吊り広告の二色刷　斎藤隆顕

四月馬鹿メールボックスいつも空　田中義了

花まつり足湯に古き足入れて　佐藤尚輔

美白クリーム塗り忘れたる万愚節　松本輝子

涅槃図や偉大な零《ゼロ》が其処にある　松村威

盛り場のさくらに家出を決行す　岡本汀

またひとつ重ねる嘘や鳥交る　宮脇奈雅子

もう誰もゐない枯木の隠れん坊　長岡帰山

蛇穴を出づ一滴のオイルの香　はやしゆうこ

真白な春のエプロン縫上る　鈴木照子

にんにく喰べ夫に喧嘩を売つてゐる　岡本勲子

ままごとのママになりきる庭すみれ　小田恵子

逃げ水の果てに幸せありますか　伊藤実那

花冷のざわめきを今束ねけり　中田よう子

鈍行に揺られ春愁濃くしたり　玉井玲子

物を言ふ悲しき玩具啄木忌　木原紀幸
さみどりのグラス一つを棚に置く　倉林治子
花冷や底に残りし角砂糖　秋山恬子
来ましたね来ました時計屋の燕　塩谷一雄
玄関に三寒四温の靴ならぶ　堀田たか女
パスポート抱きしめてゐる四月馬鹿　浅野とし子
薔薇の首切つてブーケの作らるる　前田信子
黄砂降るいつか密かに来たホテル　中川哲樹

（平成十九年「河」六月号）

10　滑り台

春の日の水のやうなる時間かな　　堀本裕樹

同時作に、

コインロッカーに春愁を預けたる

虻が来て天皇を刺す祝祭日

があり、特に虻の句が面白い。虻の例句としては、

母の背に居る高さ虻の来る高さ　　中村草田男

西行を螫《さ》したるはなの虻なりし　　角川春樹

がある。私の句の場合、虻が西行を刺したというドラマだが、裕樹の場合、虻は天皇を刺したというのだから、ドラマとしては裕樹のほうが面白い。「春の日」の句は、滝平いわみの次の句と同様に、今月号の当月集作品の中で秀吟である。

初鰹どの海嶺を越えてきし

「春の日」の例句としては、

大いなる春日の翼垂《た》れてあり　鈴木花蓑
春の日やあの世この世と馬車を駆り　中村苑子

がある。鈴木花蓑の「春日」は、作者一代の名吟。堀本作品を鈴木花蓑と比較する訳にはいかないが、「河」の東京中央支部の句会で、私の特選を取った次の句を参照していただきたい。

春の夜を水に漂ふごとくゐる　露崎士郎

露崎士郎の作品は、駘蕩《たいとう》とした春の夜を水に漂うごとくいる、という形容が見事に決った佳吟。一方、堀本裕樹は春の日を水のような時間ととらえた譬喩《ひゆ》が成功した。時間と空間をテーマに一行詩を詠むことは、かなり重要な世界を孕《はら》んでいる。このテーマだけで、一冊の詩集は充分に成り立つのだ。私の最近作を例にあげよう。

花の雨椅子のかたちに時間あり
菖蒲湯やしづかに過ぎる今があり
新蕎麦や父の時間の遠くなる
いま過ぎしもののひかりや猫柳
五月雨や時間に似たる海がある

「永遠の今」を詠う時間意識を持たない限り、本物の詩人になることはあり得ない。

メロン喰《た》ぶ死後のことなど知るものか　石田美保子

同時作に、

すかんぽや人は顎《あぎと》より老いて
卯月野に鬼を残して来たりけり
カレーライスゆつくり遅日の海を見て

がある。

河作品抄批評として、過去に石田美保子の作品を何度も取りあげた。例をあげると、

うわんうわんと綿虫とんで通行止　「河」十二月号
わたくしの生まれるまへの春夕焼　五月号
暗渠《あんきよ》より水母《くらげ》出てくる日暮かな　七月号
みんみんの鳴くや俺はここにゐる　十月号
湯を沸かせ木枯一号来てゐるぞ　一月号
来し方に冬の花火の鳴りにけり　二月号

こうした作品を眺めてみると、作者の心が自由に解放されていることが解る。その点から言えば、今月号の美保子作品も充分に納得できる。死後の時間や世界をモチーフに俳句や一行詩を詠むことは、私を含めて多くの作家が試みてきた。例えば、

われ亡くて山べのさくら咲きにけり　森澄雄
わが死後へわが飲む梅酒遺《のこ》したし　石田波郷
わが死後の月うつくしき金閣寺　角川春樹

しかし、石田美保子の作品はメロンを食べるという充実した時間を考えれば、死後の時間や景や世界など知ったことかと言い放っている。正に、放下《ほうげ》の一行詩。実にユニークである。

夕牡丹放下の詩をこころざす　角川春樹

生きのびて新樹の夜の滑り台　北村峰子

同時作に、

人間が弾かれてゐるしやぼん玉

があり、このほうは「しやぼん玉」が弾けるのではなく、人間が弾かれたという発想の面白さがある。「河」六月号の作品抄批評で、私は次の一文を載せた。

私が峰子の作品批評を書くことと、峰子が私に句をぶっつけてくることは、言わば二人の往復書簡なのだ。少なくとも、私はそう思いつつ、この原稿を書いている。

五月十二日の消印で北村峰子の手紙を受け取った。正に私が峰子の作品を批評することと、峰子が作品批評を読むことは、誌面を借りた往復書簡であることが確認できた。

共振れといふときめきに風光る　峰子

嬉しい春を迎えることが出来ました。裏のお寺さんの山に見事な桜の木があります。昨年の秋には、この桜を見ることが出来ないのではと思って居りましたが、おかげさまで、また会うことが出来て、喜びも格別でございます。

　これもひとえに、主宰のあたたかいエールのおかげと、有り難く、厚く御礼申し上げます。「河」三月号の「峰子の空」の御句……胸が震えて、溢れる涙を止めることが出来ませんでした。

　私にとって「浮き輪」は、自分の思いをぶっつける一行詩であり、さまよう私の魂に寄り添ってくださる主宰のお優しいおこころです。

　主宰の作品批評を拝読するたびに、激しく心が揺れ動きます。言葉は言葉に意味があるのではなく、それを語る人のこころの広さや奥行の深さに読み手の「たましひ」と「いのち」と「感受性」が共振れしたとき、はじめて輝き始め、意味が生まれるのだと思いました。そして、主宰の御言葉によって、私のひとつひとつの細胞は、あらたな生命力を取り戻してゆくのを感じて居ります。


浮き輪なき峰子の空を泳ぎけり　　角川春樹

峰子ゐる晩夏の色の滑り台　　〃

「河」五月号の次の作品から今月号の「新樹の夜」の批評と同じ内容になるので引用する。

いち抜けてしろつめ草の丘にをり　　北村峰子

峰子の魂は今、しろつめ草の丘に行っているのだ。「しろつめ草」とは、「苜蓿《うまごやし》」のこと。人の群れから、作者はいの一番に、「いち抜けた」と言って抜け出して、「うまごやし」が一面に咲いている丘に、今、来ている。この丘からは、多分、群青の凪いだ海が見えるはずだ。春の穏やかな日が燦々と降り注いでいる。

癌と共生している峰子の魂は、新樹の夜の公園の滑り台に行って、子供のように滑り興じている。勿論、現在の肉体ではない。この句も峰子の憧れが生みだした魂の一句だ。

　　五体みな液体となる新樹かな　　角川春樹

　　初鰹どの海嶺を越えてきし　　滝平いわみ

今月号の当月集の中で、堀本裕樹の次の作品と並ぶ秀吟である。

　　春の日の水のやうなる時間かな

海嶺とは海底山脈のことである。だからこそ、「越えてきし」なのだ。勿論、写生句ではない。百年前、正岡子規が西洋近代美術の画法としての写生を俳諧に持ち込んだが、詩とはそんな単純なものではない。子規自身が純粋で単純な生き方をしたが、いわば幼稚な理論にすぎない。俳句であれ、一行詩であれ、身の丈で作るものではない。作品はおのれ自身を越えて結実しなければ、作者の狭い世界で終ってしまう。作品はおのれ自身を写す鏡でもあるが、それを越えた時、名作が生まれる。滝平いわみの「初鰹」の句は、おのれの身の丈を越えている。作者が初鰹を賞味した時の感慨を、さらにイメージを拡げて作った一行詩の広々とした世界。

あぢさゐや胸に冷たきひとところ　　田井三重子

同時作に、

黒き鳥羽をひろげて修司の忌

がある。「修司の忌」とは、昭和五十八年五月四日没の歌人・俳人の寺山修司の命日である。例句としては、私の次の作品がある。

いつからのこころの錆や寺山忌

コーラの空缶蹴つて修司の忌

田井三重子の「黒き鳥」は、ゴッホの鴉と同じ存在。実在していると同時に存在していない。私の初期の次の代表句と同じ存在である。つまり、黒き鳥と黒き蝶は全くの同一のもの。死に神と言ってもよい。

黒き蝶ゴッホの耳を殺《そ》ぎに来る

一方、田井三重子の「あぢさゐ」の句は、もっとなまなましい。「胸に冷たきひとところ」と言えば、読み手は乳房として受け取るだろうし、おそらく正解であろう。しかし、下五の「ひとところ」の措辞は、三重子の修羅が浮かびあがってくる。以前、三重子の作品批評として次のように書いた。

田井三重子という詩人は、いつもこころに修羅を飼っている。あるいは鎮め続けることによって、見事な一行詩をこれからも生み出すであろう。

「胸に冷たきひとところ」とは、田井三重子の「こころ」のあり処なのである。

あぢさゐや淋しい乳房でありにける　角川春樹

メーデーや深夜のコインランドリー　松下由美

同時作に、

獄を出て花の扉を開きけり

がある。この句には詞書《ことばがき》があって、「主宰、獄を出て三年」とある。まるでこの作品、私が作句したような錯覚を持った。今年の四月八日、私は花の吉野で次の句を作った。

花の日や詩の革命をこころざす

花の日の花の浄土の暮れゆけり

虚子の日の落花の中を帰りけり

三年前の四月八日、私は静岡刑務所を出所した。その日は、奇しくも釈尊誕生の「花の日」であり、同時に、高浜虚子の忌日であった。松下由美の作品は、私が獄を出て花の扉を開いた、と断定しているのだ。その意味するところは、獄中句集『海鼠の日』の末尾の次の句からきている。

獄を出て花の吉野をこころざす　角川春樹

つまり、由美の一句は、私の望みどおり吉野の花に再会を果たし、これからも花を詠い続けることで西行のこころざしを受け継いだ、と言っているのだ。それに対して、「メーデー」の句は、私が「河」六月号で激賞した堀本裕樹と鎌田俊の作品と並ぶ、松下由美の代表句となった。

黒いゴミ袋に梅が散つてゐる　堀本裕樹

ハンガーのぶらさがりゐる鳥曇り　鎌田俊

この二つの作品は、俳句でいう「乾いた抒情」の代表句である。松下由美の句は、堀本裕樹と鎌田俊作品同様に、都会に居住することを余儀なくされている現代人のペーソスを描いた傑作である。松下由美は京都の置屋に生まれ、十三歳で家出して上京し、クラシック・バレエを二十年続け、同時にニューヨークのプロダンサーとなり、日本に帰国後、劇団「四季」のミュージカル・ダンサーとなった。その後、銀座の高級クラブ「ロートレック」のナンバーワンホステスとなったが、そのホステス時代が「メーデー」の句となって結実した。句意は文字どおり、労働者の祭典と全く懸《か》け離れた侘しい生活の中で、深夜のコインランドリーで下着類を洗濯している景だ。ナンバーワンホステスという虚飾と裏はらな日常から、一片の詩を掬いあげた。

葉桜やホステス急募のドア開ける　川越さくらこ

同時作に、

青嵐シェーカー振り止まぬ25時

があり、「葉桜」と同レヴェルの佳吟。川越さくらこも松下由美同様に本年度の河新人賞を受賞したが、職業もまた同じく鹿児島県鹿児島市照国町でバーを営むマダムである。作品も実力も松下由美と伯仲《はくちゅう》している期待の大型詩人である。二人とも将来は俳人の鈴木真砂女と並ぶ可能性を秘めている。川越さくらこの河作品抄批評作品をあげてみる。

月光やシグナル青となる深夜　「河」十二月号
買はれゆく聖書淋しき文化祭　一月号
吾《あ》が四肢《しし》のするすると伸ぶ夏座敷　九月号
山脈に影濃くたたみ鷹渡る　十二月号
極月《ごくげつ》の扉を開き皇帝来　二月号
シネラリアくるぶしに夜が来てゐる　四月号
子と頒つ漂泊のあり夜の桜　五月号
陽炎は沖ある父の帆をたたむ　六月号

こうした作品群を眺めてみると、作品の多様さと同時に、今年に入ってからの作品の力量が以前に比べると格段に上がっていることが解る。特に六月号の「陽炎」の句に感銘したが、今月号の「青嵐」「葉桜」の二作品はそれを凌駕《りょうが》している。二句とも句意は明瞭。そして二句とも季語が、中七下五の措辞に対して見事な働きを示している。

五月憂しかもめのジョナサン空を切る　　梅津早苗

同時作に、

風船や娼婦イルマは嘘をつく

があり、この句も娼婦イルマを登場させて面白くなった。「五月憂し」は、三十年以上前にベストセラーとなったリチャード・バックの小説『かもめのジョナサン』から想を得ている。かもめのジョナサンは骨になっても飛び続けることから「五月憂し」を導きだしたか、あるいは「五月憂し」が初めに頭にあって、その上で現実に飛び回る鷗から連想したのであろう。「空」は「そら」と読ませるのか、「くう」と読ませるのか定かではないが、かものジョナサンならば「くう」を切るでも成立するだろう。そのほうが上五の「五月憂し」と響き合うかもしれない。実は私の初期の次の代表句も、かもめのジョナサンから想を得、また私の野性号一世の航海が古代の鳥舟《とりぶね》であったところから創作された。

骨になるまでの飛翔や冬かもめ

薬の日馬鹿貝食べてゐたりけり　　蛭田千尋

同時作に、

ままならぬことばかりかなメーデー来
透き通る自身にパセリ青嵐
があり、二句とも良い。蛭田千尋は荻窪の鮨商「金寿司」の女将で、最近『はないた』という処女句集を上梓した。その中から三句抽《ひ》くと、
夏蝶の自由の果てのひとりかな
逃げられぬほど抱かれて熱帯夜
「おい」と叫ぶ夫《つま》の隣の良夜かな
があげられる。私が河作品抄批評を開始して取りあげた句は、
生けるもの茹でるもの選《よ》る花菜かな　「河」五月号
冬隣素直になれぬ火がありぬ　一月号
雑踏の孤独と恵方ありにけり　三月号
菠薐草《ほうれんそう》茹でるしあはせ色なりし　四月号
亀鳴くや奥歯に残る鳩サブレ　六月号
と、最近になって頓に佳吟が増えてきている。このことは、松下由美、川越さくらこ同様に確かな力がついてきた、ということ。
「薬の日」とは、五月五日、山野に出て薬草をとること。その日にとった薬はとくに効き目があるといわれた。例句としては、
高尾嶺のいまだ空林薬採り　皆吉爽雨

があるが、蛭田千尋の作品のほうが上である。中七下五の「馬鹿貝食べてゐたりけり」がなんとも可笑しく、それでいて確かな景が見えてくる。

空気銃構へて憲法記念の日　　春木太郎

同時作に、

肝心なときに腰痛青蛙
麦飯《むぎめし》が嫌ひとはこのバチ当り

があり、二句とも笑いながらこの稿を書いている。特に「青蛙」の句は、当然のことながらセックスを連想し、生涯不良の私の場合、体験がありすぎて涙が出てしまった。勿論、肝心な時の腰痛はセックスを指しているとは言い切れないが、ゴルフ等のスポーツや大事なビジネスの要件とは私には考えられず、今も笑いの壺にはまっている。男って大変なんです。

腰痛にして色欲の羽抜鶏　　角川春樹

「憲法記念日」の句意は、説明を要しないが、風刺の句というより春木太郎独特のユーモアの一句。次の私の一句も同様である。

終戦日水鉄砲を空に撃つ

人のこゑ遠くに潜るプールかな　　西川輝美

同時作に、

賞味期限すぎても女ところてん

がある。「プール」の句はリアリティが充分にある。「映像の復元力」が効いた作品。作者は、遠くの人声を聴きつつ、今、プールに潜っている。不思議なほど、プールにいると人声がよく聴こえてくる。一方、「ところてん」の句は、ユーモア句であって、作者本人のことではない。西川輝美はますます魅力的になっているからだ。

万愚節《ばんぐせつ》けさ三鬼から手紙来た　青柳富美子

同時作に、

草朧捨てし玩具の哭きにけり

があり、二句とも四月の「はちまん句会」の特選を取った。「草朧」の句は、不用になった玩具を草原に捨てたところ、突然、泣き声を発した、という風刺の効いた一句。「万愚節」は四月一日、また俳人の西東三鬼の命日でもある。三鬼から今朝手紙が来た、という中七下五がエプリル・フールの万愚節を導きだした。この句、ユーモアというよりホラーに近い、不思議な魅力に富んだ作品。

臍出して春愁のなきメーキャップ　西尾五山

同時作に、

修司忌や俺の一樹に鷹来たる

があり、共に「はちまん句会」の特選を取った。中七下五の「春愁のなきメーキャップ」だけでも面白いうえに、上五の「臍出して」はさらに畳みかけたユーモア句となった。この春愁のないメーキャップは女性とは限らず、歌舞伎役者やダンサーなどさまざまな職業を思い浮かべるだろう。読み手は、西尾五山の奥さんである「河」の浅井君枝を想像しないでいただきたい。

顔パックの妻に五月のやつてくる　　斎藤隆顕

同時作に、

こどもの日花のサラダをたべませう

があり、この句も良い。「五月来る」の句は、季語がぴったりとはまる佳吟。上五中七の「顔パックの妻」のユーモアも効いている。西尾五山の「春愁のなきメーキャップ」とは違って、こちらのほうは斎藤隆顕の奥さんである「河」の窪田美里を、読者は充分に想像していただきたい。

午後の椅子老人が吹くしやぼん玉　　及川ひろし

この句も四月の「はちまん句会」の特選句。春の日の燦々と降る午後の椅子に、一人の老人がしゃぼん玉を吹いている。なんとももの悲しい景だが、読者は黒澤明監督の映画「生きる」のラストシーンを思い浮かべるであろう。志村喬の演じる老人がブランコに座っている場面だ。及川ひろしの描く「午後の椅子」は、充分にブランコを連想させる。「実」ではなく、映画的な手法を用いたドラマトゥルギーの一行詩。

母の日の赤き砂落つ砂時計　荻原美恵子

砂時計の砂はなぜか赤い。勿論、青い砂も黄色の砂も黒い砂もあるが、イメージとしては赤だ。その赤が「母の日」の赤い花を連想させる。しかし、なぜ「母の日」でなければならないのか。「父の日」「子供の日」「時の日」等の季語ではいけないのか。そう思われる読者も多いはずだ。砂時計そのものが、ほとんど実生活で用をなさない、ほとんど無意味な存在だ。むしろ、単なる装飾品にすぎない。であるとすれば、「母の日」は無意味で装飾的な日ということになる。赤は血の暗喩とも考えられる。母である作者は、子供たちから祝われる存在。しかし、作者は即物的な赤い砂を落とす砂時計を見続けている。母の日を迎えた荻原美恵子のアンニュイな一面を見せた一行詩。「母の日」の句として新鮮な一句。この句も不思議な魅力に富む。

父の血を負と思ひ来し麦の秋　林風子

五月の「河」東京例会で多くの選者に取られた特選句。句意は説明するまでもない。この句の良さは下五の「麦の秋」に尽きる。上五中七の「父の血を負と思ひ来し」の暗に対して、明るい五月の麦畑を持ってきたのが手柄だ。父・源義との闘いに自殺まで考え、妹・真理の自裁を目撃した私は、パレスチナ・ゲリラのキャンプを彷徨《さまよ》い、サハラ砂漠を縦断した。三十三歳で社業を受け継ぐまで、私の冒険は自殺に対するアリバイとしての行動だった。自殺には見えない事故死を考えていたのである。「麦の秋」の作者である林風子は、何故《なにゆえ》に父の血を負と思ったのかは、読者の誰にも解らない。しかし、解らないにも関らず読み手を納得させる「自己投影」の効いた作品。

行く春や六区に小さきヌードショー　　小林政秋

かつて浅草の六区と言えば、ストリップ劇場のメッカだった。この句の良さは上五の「行く春」が、下五の「六区に小さきヌードショー」を導きだした点である。古典的季語である「行く春」に、現代的な風俗を取り合わせて成功させた。従来の例句を突き抜ける見事な一行詩。脱帽。

ビヤガーデン火山に向けて椅子並ぶ　　尾辻のり子

ビヤガーデンの例句としては、

ビヤガーデン照明青き城望む　　佐野まもる
北陸の星青すぎるビヤガーデン　　秋沢猛
ビアガーデンジョッキ女の手に重き　　大橋敦子

等があるが、尾辻のり子は鹿児島に住む。さすれば、この火山は桜島か霧島ということになる。火山に向けてビヤガーデンの椅子が並ぶ景が、ありありと見える。この句を読んで感じたのは、新しい風土俳句ということだ。「映像の復元力」の効いた一行詩。例句にも負けていない。

ビヤガーデン太古の空の零《ゼロ》の中　角川春樹

花冷のしづかなる夜の椅子にゐる　山田友美

同時作に、

散る花の余白に雨の匂ひけり

逢へぬ日の夜に吹雪いてゐるさくら

があり、四月の「はいとり紙句会」の特選を取った。一般選では「散る花」の句が一番人気があったが、私は「花冷」の句のほうに余韻を感じる。人間諷詠を得意とする作者が、花冷の夜に椅子に座っている孤独な姿が、ありありと見えるからだ。「自己投影」の効いた一行詩。

蛇穴を出づ墓地売出しの幟立て　舟久保倭文子《しずこ》

今年から始った河新人奨励賞は第一回として、京都の栗山庸子が受賞したが、舟久保倭文子は来年度の有力な候補作家である。

同時作に、

囀りや濡縁に降る日のたわわ
春めくや古本街の暗き灯も
水草生ふ魚影の小さき砂煙

があり、どの句も水準以上であるが、特に「水草生ふ」が良い。「蛇穴を出づ」の句は、中七下五の「墓地売出しの幟立て」によって皮肉ともユーモアともとれる一句となった。「蛇穴を出づ」の句は、小川江実の次の句を思いださせた。

売られたることを知らずに山笑ふ　　小川江実

グラビアの水着はべらせ鰥夫《やもめ》です　　鮎川純太

同時作に、

新樹晴地球はほんとに青かつた
新樹晴ついに最期の朝ですね

があり、全作品が四月の「しゃん句会」の投句である。「水着」の句は、その折の特選に取られた。この句も説明を必要としない。ある有名タレントと離婚した鮎川純太は、現在鰥夫である。勿論、彼はグラビアの水着のモデルたちをはべらせたりしない。つまり、彼自身のことではなく、現実のオタクの男性の生態を詠んだ作品。ユーモアとペーソスが一つになった佳吟である。

夏きざす机の上のペンケース　竹本悠

同時作に、

牡丹《ぼうたん》とライカとあをい空がある

熱帯魚生真面目《きまじめ》な目をしてゐたり

がある。「夏きざす」は、五月の東京中央支部での特選句。私以外には、ほとんど誰も取らなかった。この句、単なる報告の「こと俳句」ではない。また平凡な句でもない。充分に作者の「自己投影」がなされた「こころ」の句なのだ。

絶えず私が言っていることだが、日常の中に詩を見出さなければ本物の詩人とは言えない。句会の選者は自分の身の丈で選句するのではなく、作品にこころを寄せて鑑賞しなければならない。そうでなければ生きた人間の声が聴こえてこないではないか。飯田龍太の次の句をこころで読んで貰いたい。

春暁の竹筒にある筆二本

芍《しゃく》薬《やく》や人工肛門より放《ほう》屁《ひ》　大塚あつし

同時作に、

チューリップ椿石楠花《しゃくなげ》入院す

点滴に頼る生命や夏燕

があり、「芍薬」の句は、「虚」ではなく「実」の自画像であることが解る。例句としては、

芍薬の花にふれたるかたさかな　高浜虚子

芍薬やつくゑの上の紅楼夢　永井荷風

芍薬や棚に古りける薬箱　水原秋櫻子

芍薬の逢瀬のごとき夜があり　森澄雄

があるが、大塚あつしの句のような切実さがある訳ではない。俳句も一行詩も「今」の切実な思いを詠むことが肝要なのだ。正に「いのち」を運ぶ一行詩となって結実した。「河」の当月集作家である内田日出子の次の句と比べて読んで貰いたい。

四月馬鹿患者の放庇聞く夜かな　内田日出子

最後に、当月集、半獣神、河作品から今月号の佳吟と作者名を列挙する。

孤独にも飽きて月夜のしやぼん玉　福原悠貴

紫陽花の朝をむかへてゐたりけり　鎌田俊

惚れるより惚れさせろよと木の葉木菟　高田自然

老人に如何な言葉もみな涼し　小川江実

万緑やポップコーンを頬張つて　松下千代

水門の夕べは永し行《ぎよう》々《ぎよう》子《し》　小島健

東京の空より知らぬ鯉のぼり　井桁衣子

水底《みなそこ》にゆふべの日あり健吉忌　大森健司

鬱《う》金《こん》桜昼の星座の廻りをり　渡辺二三雄

仇討のごとく筍掘りにけり　石工冬青

島人の五色のテープや薄暑光　市橋千翔

水仙の喇叭《らつぱ》破るるまで鳴らす　竹内弥太郎

まむし草太陽ふたつうるさいぞ　長谷川眞理子

鷹舞つて水の風化を検見《けみ》したり　鎌田正男

春畳漢こぼれてゐたりをり　板本敦子

りら冷えや午後の市電の尻ふりゆく　末益手瑠緒

このかめは人がゐないとなくんだよ　河合すえこ

この年もかくてありけり花の日々　木下ひでを

やはらかく銀座を歩き端午の日　石橋　翠

母の日や母のかたちでミシン踏む　市川悦子

天皇がまあるく歩く昭和の日　石山秀太郎

花は葉に玉子を巻けぬ名代蕎麦　大多和伴彦

「七生の宮川軍曹です」螢　高橋稚郎

ゆく春やスプーンで崩すオムライス　松本輝子

手を振つて西日が俺を待つてゐた　松村威

寺山忌昔のままのＢＯＮナイフ　肥后潤子

赤き夜の毒をふふみし白牡丹　大友麻楠

なんだかあたし春のキャベツになつてゐる　相川澄子

地虫出て最終出口はここですよ　伊藤実那

メーデーやクロポトキンを知つてるかい　廣井公明

新人社員食堂に来て目の涼し　丹羽康行

一人食《は》む遅日のカレーもてあます　松澤ふさ子

誰もわかつてくれない七十五歳の夏が来た　岡本勲子

海戦のあとかたもなき卯波かな　田畑時男

昭和の日少年の日となりにけり　鈴木勇一

石鹼玉家族ゲームの始まりぬ　石塚雅子

（平成十九年「河」七月号）

Ⅱ

ぞんぶんに人を泣かしめ――追悼・時実新子

新子の日花散る海へ石を投ぐ　角川春樹

時実新子が亡くなって、三ヵ月が経った。今、私の机の上に月刊「川柳大学」六月号と時実新子の『有夫恋』が置かれている。そして、一枚のＦＡＸを眺めている。

私は、故時実新子の娘で安藤まどかと申します。母、生前中は一方ならぬお世話になりました。

三月十日、桜が咲く前に新子が亡くなり、もう二ヵ月が経ちます。まだ実感として母の死が認められず、神戸に電話すると母の声が聞こえるような気がしてなりません。

実は、十一年続けてきました時実新子主宰の月刊「川柳大学」をこの八月号で終刊といたします。そこで、角川春樹先生ご執筆の文章で最後の号を飾っていただけないものかとお伺い申し上げます。

私、安藤まどかは六年前にこの「川柳大学」を新子の夫、曽我六郎から引継ぎ、東京に事務局を移してから事務・編集全般に携わり、「川柳大学」を発行してまいりました。母とは、「川柳大学」は時実新子一代のもの、新子の命と共に終わりにするという約束でございました。
急な原稿依頼で誠に失礼極まるかと存じますが、なにとぞ新子のためにお引き受けくださいますようお願い申し上げます。

新子の日鸚鵡《オウム》の鳴かぬ夜なりけり　角川春樹

時実新子と私は俳句と川柳の垣根を越えた深い交流があった。私が刑務所に入る一週間前の日曜日、五度目の結婚をすることになった小悪女を伴って時実新子とホテルで落ち合った。私が塀の中に入っている間、結婚することになった存在を「川柳大学」に入校させて、時実新子に見守ってもらおうと思ったからである。この日の前に、計算高い邪悪な存在を時実新子に引き合わせるため、神戸にも連れて行ったことがあるからだ。しかし、結局、邪悪な女に高額の慰謝料を払わされ、刑務所入所半年後に、五度目の離婚をすることになった。刑務所に入って二年後、時実新子から「川柳大学」の原稿依頼があった。あらゆる人間の基本的な権利が剝奪された獄中にあって、原稿依頼に応えることは至難の業《わざ》であった。刑務所の許可を得るのに三ヵ月がかかった。許可が降りても原稿用紙もなく、依頼の七〇〇字を一字ずつ数えながらの執筆だった。資料もなく、自分の記憶だけで書き上げたのが、次の一文である。

時実新子は悪女か

結論から先に言おう。時実新子は悪女である。しかも情に篤《あつ》い。その上、天から与えられた才能を持っている。この場合、天とは宇宙意識、あるいは宇宙生命と言われる存在を指す。地球が巨《おお》きな生命体であると同時に、宇宙もまた、途方もなく巨大な生命体である。その天から新子は「いのち」を授けられた。天命を持った人間は幸福とも不幸とも言える。なぜなら、その才能と引き替えに、その人の生はあまりにも起伏に富むからだ。天に愛される者は孤独である。

私は学生時代から「悪」について考えてきた。卒業論文も「古事記における悪の発生」というのを書いた。古代における悪、中世における悪、近世における悪、現代における悪。悪は強い磁力を放っている。古代も、中世も、現代においても、悪は強い力を持っている。南北朝時代の楠木正成は『太平記』に「河内の悪党」と書かれたし、織田信長も大悪党だ。すると、悪人には革命児の要素も含まれているのではないか。俳人でも大悪党と言えば、高浜虚子だ。それは本人も自覚していて、次の一句がある。

初空や大悪人虚子の頭《ず》上《じょう》に

だから私は、悪女に魅《ひ》かれる。そのため五度結婚し、五度離婚した。しかし私は、本当の悪女とは結婚できなかった。せいぜい小悪女である。悪女は当然、恋多き女である。その恋は『万葉集』で大伴家持が表記した「孤悲《こひ》」である。私が出逢った本物の悪女は二人

いる。ひとりは俳人の鈴木真砂女であり、もう一人は川柳作家の時実新子である。真砂女の一句に、

　羅《うすもの》や人悲します恋をして

という代表句がある。私も好きな一句だが、この句の背景は「実」である。俳句の「いのち」である季語も、この場合、「実」である。私が、初めて時実新子と出逢った時に、真砂女の句について感想を求めたら、

「奇麗事すぎる」と一言で片付けられた。またある時、時実新子は、

「俳句と違って川柳はいじわるだ」と語った。なるほど、そう思う。

新子川柳の中で一番好きな一句も、実に「いじわる」な句である。それを例にあげたい。

　ぞんぶんに人を泣かしめ粥うまし

この句の背景は「虚」である。「詩の真実」という観点に立てば「実」より「虚」の方が巨きい。

刑務所という「笑い」のない世界の中で、時どきこの句を思い出して、私はひとり笑っている。

*

いじわるな新子が降らすゴビの砂　角川春樹

平成十六年四月八日、私は静岡刑務所を出所した。待っていたのは、六月に神戸で行なわ

れる時実新子の「川柳大学」の記念パーティだった。しかも、唯一のゲストスピーカーだと言う。まだ刑務所を出たばかりの男をこき使うとは、時実新子は本当にひどい奴だ。

「川柳大学」の記念パーティへ行くと、同じテーブルに私が主宰している「河」の代表詩人である大森理恵と健司の親子がいる。ゲストの紹介でも、俳人の大森理恵さん、健司さんと呼ばれたことから、俳句の交友関係は、私たちだけらしい。

一段高い壇上には、学長の帽子をかぶった時実新子が椅子に座っている。ご丁寧に彼女はピンスポットを浴びている。司会者が私の名を告げる。私は壇上にあがる。つかつかと椅子に座っている新子に近づく。新子の手を取ると彼女を立ちあがらせ、いきなり新子を抱きしめる。私のスピーチが始まる。

時実新子さんとはこう言う仲です(笑)。

次に逢う時は、抱くだけでは終りません(笑)。

だいたい刑務所を出たばかりの人間は、世間を憚《はば》かってパーティなどには出ないものです。その上、スーピチしろと言うんですから、ひどい奴です(爆笑)。

刑務所を出た時に、歌手のユーミンと食事した時です。彼女は私にこう言いました。

「角川さんは天才だから、天才以外の女と付き合っちゃ駄目よ」さらに、彼女は言いました。

「私も天才だけど」(爆笑)。

私の隣にいる新子さんは、本当の天才です(拍手)。

私はかつて時実新子に捧ぐという前書きで、一句作りました。

恋の句は君にまかすと亀鳴けり（大拍手）

＊

角川　鈴木真砂女さんと、新子さんと同じぐらいの年齢の時に対談したんです。例えば、

羅 や 人 悲 し ま す 恋 を し て　真砂女

死 な う か と 囁 か れ し は 螢 の 夜　〃

とかね。

時実　あ、これいいな。

恋 を 得 て 螢 は 草 に 沈 み け り　真砂女

角川　そうそう。私は、まさかこれ、あなたの今の話じゃないよねって聞いたんですよ。要するに恋の句が多いですから。そうしたら、いいえ恋をしてますと。

時実　彼女、おひとりでしょ、今。

角川　今、ひとりですけど、恋の多い女性なんです。私の句にも、

恋 多 き 女 も 老 ゆ る き ぬ か つ ぎ

という真砂女さんを詠んだ句があります。もっと突っ込んだんです。肉体的な話ですよといったら、いや、肉体的にもしてます。

時実　そりゃ女ですもの。男の人はダメになるけど（笑）。

角川　ダメですよ。

時実　お気の毒に（笑）。

角川　あなたの川柳の中で、私がげらげら笑ったのは……。

時実　そんなんがありますか。

角川　ありますよ。

　ぞんぶんに人を泣かしめ粥うまし　新子

時実　ああ、これは、バイザーイ！　ある女に勝ったカチドキ！

角川　まあ、しかしね、こういうことを言うのは時実新子しかいないよ（笑）。

時実　粥というところに、あたしの情がある。恋というのは相手の女の人を泣かしめねば得られないじゃないですか。誰かを不幸にして、初めて自分の幸せを……。その悲しみが「粥」なんですよ。そこだけ分かってください。ぞんぶんにお笑いになっていいけど。

角川　いや、笑ったというのは、真砂女さんの「羅や人悲します恋をして」、これもそうなんですよ。

時実　でも、表現、真砂女さん、やっぱり古いわ。あたしの母の世代。あたしの「ぞんぶんに人を泣かしめ粥うまし」のほうが現代風でしょ。

角川　残酷だよね。

時実　現代風といってください。真砂女さんのはきれいですけど。やっぱりこのへんに、本題である俳句と川柳の精神的構造の違いがあると思います。

れんげ菜の花この世の旅もあと少し　新子

＊

人間の存在そのものが、大いなる銀河の一点にすぎないと同時に、人間もまた宇宙を在らしめている存在でもある。その人間存在も、永遠の時の流れの中での、これはまた一点にすぎない。

時実新子のこの世の旅は終った。

時実新子銀河の岸に立つてゐる　角川春樹

（「川柳大学」平成十九年八月号）

混沌と調和——長谷川眞理子の宇宙

私が主宰する「河」を、私自身が選句し、批評するようになって二年になる。正岡子規以来の「俳句」という言葉からも脱却した詩歌の革命運動を、この二年の間、自らも実践し、同人にも、会員にもそれを要求してきた。私は作句も選句も身の丈という従来の俳人達を軽蔑している。たかだか半径五十センチの「盆栽俳句」に何の興味も湧かないし、そんな基準で主宰者に選句されたら、結社の同人も会員もたまったものではない。私が主宰となった「河」は、従来の似非《えせ》俳人と袂をわかった。現在の「河」は、さまざまな個性を持つ一行詩人たちの「梁山泊」とも、宇宙ともいえる。その中でも、際立って個性的な一行詩を発表しているのが長谷川眞理子である。

私が九歳から俳句を始め、一時中断し、再開したのは、三十六歳の時である。各地に角川春樹俳句教室を開き、それが新人会となり、やがて支部となっていったが、その時の指導理念として、俳句の三原則を定義した。具体的に言うと、「映像の復元力」「リズム」そして「自己の投影」である。特に重視したのは、「自己の投影」である。現在、俳壇が提唱している「俳句の現場」などは、従来の「写実主義」から一歩も出ていない、と言っていい。この度、長谷川眞理子が九三年に「河」に入会してから、〇七年現在までの作品を、一冊の一行詩集として発表することになった。題して「まぶしいぜ」。

題名の由来は、次の一句から成った。

鯨より鯨の生まるまぶしいぜ

「眩しい」という形容詞が、今度の詩集には何度か登場する。逆に、あらゆる肉親が登場しないという極めて稀な一面を持つ。例をあげると、

トタンが煎餅食べてどこか骨がまぶしいのだ

蜥蜴《とかげ》よりまぶしく飯を食ふ子かな

ジャズ眩し蝌蚪《かと》も眩しや三鬼の忌

私が「河」の投句の批評を始めてから、長谷川眞理子の作品をたびたび取りあげるようになったが、それ以前の一年間に限って言えば（現在、手元に資料がないため）、吉田鴻司選にただ一つ次の作品が登場しているだけである。

手毬唄がふと茸山《たけやま》に茸満ち　「河」一月号

吉田鴻司の選評は次のとおりである。

聞こえてくるはずのない茸山に聞こえてくる手毬唄、脳裏にはびっしりと茸が山をなしている。まるでメルヘンの世界にさ迷うようである。現実と幻想、茸山と手毬唄、いかにもこの作者らしい発想である。

この批評も、吉田鴻司の身の丈でなされている。選句も作句も、自分の身の丈を越えなければ、名作も秀れた文芸評論も成り立たない。試みに、私が次のように批評を改める。

「手毬」の例句として、

手毬唄かなしきことをうつくしく　高浜虚子

手毬唄哀しかなしきゆゑに世に　久保田万太郎

獄に棲む魑魅《すだま》が手毬ついてをり　角川春樹

手毬唄は、貧苦に裏打ちされた哀しい旋律と歌詞だ。いわば、メルヘンとは正反対に位置する。そして、茸だ。月夜茸《つきよだけ》、紅天狗茸《べにてんぐだけ》などには猛毒があり、美しい色をして陰地《かげち》に生える

が、古来よりおそれられている。例句をあげると、

爛々《らんらん》と昼の星見え菌《きのこ》生え　高浜虚子

須佐之男《すさのを》の国に来てをり月夜茸　角川春樹

高浜虚子の句に登場する菌は毒茸である。天狗茸などを食すると忽ち幻覚症状を引き起し、場合によっては死に至る。しかし一方では、普段では見ることも聞くこともできない世界を体験することができる。それこそ爛々と昼の星を見ることも、神や物の怪の声も聞こえてくる。あるいは長谷川眞理子の一行詩のように、この世のものではない存在が手毬唄を唄ったりもする。俗に言う、悪魔の手毬唄だ。

私の句の須佐之男の国とは、黄泉《よみ》の国である。その黄泉の国では、毒茸が満ち満ちている。毒茸はドラッグとしても使用される。例えば、月夜茸を充分に水に晒して食すると、神々の世界も魔の世界も、突然に出現する。このことは、古代より日本人が体験してきたことだ。長谷川眞理子の句は、茸山に毒茸が満ち満ちてきた時、不意にこの世のものならぬ哀しい手毬唄が聞こえてきた、ということ。メルヘンとは正反対の凶々しい、そして柳田国男や折口信夫の民俗学に通底する一行詩の世界。秀吟である。

長谷川眞理子は平成十二年度の河新人賞を受賞した。その時の選考経過は次のとおりであ

る。

増成　長谷川眞理子を三番目に推しました。この人の作品は詩みたいな俳句で、もともと観念の作家ですが、このところ少しずつ実景が出てきています。観念を切れということを本人にかなり言いました。観念を切れというのが分かりにくかったらしいですが、観念と感覚の違いが少しずつ分かってきたみたいな思いがしています。「やはらかき成人の日の竜の髭」という句もおとなしい写生の句になっていますし、「海鼠腸《このわた》のあやふきこゑを啜りけり」も生活実感を感覚で詠っている（略）。

福島　長谷川眞理子さんは今、東京例会に出ていますが、前は中央支部に来ました。私もさんざん、観念だ観念だと、よくケンカをいたしました。なかなか彼女も頑固なところがありましてね。先生のは俳句じゃないとか言われまして（笑）。ただ、私はそう思いながら彼女の作品をずっと見てきましたが、とても詩情があって、イメージを膨らませて俳句を作っている。このぐらい暴れた方がいいな。（中略）私はやはり長谷川眞理子も推していいんじゃないかと思いました。「流氷の昼の翼でありにけり」かなり詩的な昇華があります。「バレンタインデー沖の海豚の泳ぎゐる」「てのひらに包みてみれば夏銀河」「目はふたつ鼻はひとつや油照り」面白い句作りをしていると思いました（略）。

佐川　新鮮さという意味では長谷川眞理子さん。今までも観念的な句を作っていたのですが、観念を自分の中で燃焼させる力を会得したのかと。「大いなる乳房のために毛虫焼く」この句によって彼女のよさと具象的なものとの接点ができたのかなと。「夕焼の少年と蜜透きとほる」はとても新鮮な句です。まだまだ観念に終始した句はあるけれども、一歩ずつ力量を発揮している作家だなと。吉田先生や他の指導者に指摘されるとムキになるところもある。ムキになりながらも自分の俳句を形成している。物真似しないでオリジナリティを出していくのはむずかしい部分もあるが、今年は佳句が多かった。

平成十二年、「河」八月号に、「解語《かいご》の花」という題で長谷川眞理子論を書いた、本多公世の冒頭の部分を引用する。

改めて長谷川眞理子さんの句を読んで、私は途方にくれてしまった。第一発想が俳句的でない。しかも凡ではない。難解でさえある。情景の復元、写実に立つ抒情をいう「河」の俳句から遠いもので、彼女がよく先生方に観念的だといわれるのも無理はない。

平成十二年度河新人賞受賞の際の、長谷川眞理子の評価は、「観念」「新鮮」「詩的俳句」ということに終始している。彼女の作品に対する批判となっている「観念」とは何か。観念の本来の意味は、観察し思念することだ。観察し思念することは、一行詩として当然のことではないか。何故、批判の対象となるのか？　観念を切ってしまえば、詩とは言えないではないか。言葉を変えて言えば、「詩の真実」という観点に立てば、「実」よりも「虚」のほうが巨きい。具象よりも抽象のほうが芸術性としては高いことが多い。また、もう一方「難解」であるという批判。長谷川眞理子の句が、難解であることは事実である。そして、熟考を要する。だが、熟考を要するからと言って、彼女の一行詩を否定してしまったら、そもそも現代詩は成立しないのだ。解り易いことが「魂の一行詩」の条件ではないのだ。私が選句と批評を開始した、平成十七年の「河」八月号から平成十九年「河」五月号までの長谷川眞理子の作品批評を抜粋してみることにしたい。少しずつ、長谷川眞理子の貌が見えてくると思われるからだ。

写楽絵や皮手袋が濡れてゐる

同時作に、

雪月花われに大根引く力

がある。この句も「河」東京中央支部で話題になった。「雪月花」という雅《みやび》な歌の根源テーマを背景に「われに大根引く力」と句をもどいて見せたところに面白さがあり、私も秀逸に取った。句会でも随分点数も入ったが、「写楽絵」のほうは、さっぱりだった。私はこの句に強く惹《ひ》かれたものの、なんとも説明のつかないもどかしさに並選としてしまったが、本来、特選とすべき作品なので、この場を借りて鑑賞することにする。実はこの句も、私に突き出してきた作品なのだ。長谷川眞理子は「河」の中でも、屈指の詩人である。「写楽絵」の一句が、秀れた一行詩であることを、まず私は認めなければならない。ゴッホは油絵で日本の浮世絵を背景に使ったが、この「写楽絵」も「や」で切っているものの、ゴッホの絵のように画中画となっている。前方にあるのは濡れた皮手袋である。濡れていることを強調するために露が光となって皮手袋の表面に描かれている。写真として撮《と》った作品ではなく、絵画として描かれた作品だ。写真では濡れている皮手袋を表現しきれないからだ。盆栽俳句でもないし、ただの状況報告「こと説」でもない。彼女は「詩」として描いているのだ。スーパー・リアリズムを駆使したシュールな絵。画中画の世界。読者はスペインのカタルニア生まれの画家サルバドル・ダリの絵を想像していただきたい。濡れた皮手袋は人間の抜け殻のように写楽絵の前に放り出されている。そう、この作品は眞理子が私の前に放り出したのだ。「主宰、この詩を読み解けますか」と。彼女のニンマリした顔が今私の前に視える。まさに眞理子ならではのシュールな一行詩である。

　　襟《えり》巻《まき》をして鷹匠《たかじょう》と少女来る

「鷹匠」は、鷹の訓練をし、鷹狩を行う役人の職名。冬の季語である。例句としては、

　　鷹匠の放ちし鷹の日に光り　　田中王城

鷹匠の指さしこみし鷹の胸　橋本鶏二

鷹匠の鷹を据ゑたる腕《かひな》かな　清崎敏郎

があり、なかなかの佳句が並んでいる。眞理子の句は、襟巻をした鷹匠と少女を並べているだけだが、少女を登場させたことによって、その取り合わせの妙に感心してしまった。襟巻をしているくらいだから鷹匠は老人と推測できるが、それなら少女は孫か？　それとも恋人か？　少女が鷹匠の恋人であったと仮定すると、ドラマトゥルギーが発生する。俳句の鑑賞の基本として二とおり解釈できる場合は、良いほうに解釈すべきなのだ。私は眞理子の作品に登場する鷹匠を粋な漢《おとこ》と考えたい。少女も長い髪の小悪魔的な女性と考えると、ますます想像が膨らんで楽しくなってくる。鷹匠の句としても、少女とやって来ることによって新鮮なものとなった。

きさらぎの竜宮城に万国旗

井之頭動物園吟行の嘱目吟を眞理子流にアレンジした作品。俳人の飯島晴子が評論「言葉の現れるとき」の中に、

事物を手がかりとして、新しい言葉の世界を発見する。

という一節があるが、ホトトギス派の波多野爽波と吟行した時に得た方法である。吟行句の大半がつまらぬ報告だけに終っていることと比較すると、飯島晴子の方法論は新しい、ある世界が展《ひら》けてくる。眞理子の「竜宮城」の句も、飯島晴子の方法論に近い。二月の東京例会で、眞理子の次の句、

春は名のみの赤い紐青い紐

を秀逸に取ったが、きさらぎの抽象性としては細見綾子の次の句に及ばないといった、私の発言に対して挑戦してきた句が竜宮城の万国旗である。

くれなゐの色を見てゐる寒さかな　細見綾子

「くれなゐ」の句は細見綾子の代表句。彼女の全作品のなかでも、十指に入る。それで今回、眞理子は、「赤」とか「青」とかを出さず、満艦飾《まんかんしょく》の万国旗を繰り出してきた。井之頭動物園の万国旗を眺めての嘱目吟かもしれないが、「きさらぎの竜宮城」を持ってくるあたりが非凡。この竜宮城は伝説上の竜宮城ではなく、吉祥寺か場末のキャバレー「竜宮城」。きさらぎの色のイメージを具象を持って一句に仕立てた一行詩。

鯨より鯨の生まるまぶしいぜ

一九九一年七月十三日、バルセロナを出航したサンタマリア号は、コロンブスの航路どおりに大西洋を真西に向った。途中、何千頭というイルカの大群に遭遇し、集団の交尾を目撃した。海上はイルカの精子で一面に白濁したものだ。大自然の壮大なドラマに私は深く感動した。九二年十月二十七日発行の私の句集『月の船』に、その時の感動を一句に記録している。

秋 暑 し 海豚《いるか》 の 恋 に 驚 け ば

私の場合はイルカであったが、鯨の交尾を目撃したならば、それは「驚き」ではなく、「まぶしい」という表現になろう。眞理子の句は実ではない。しかし、虚の巨きさは実を遥かに凌ぐ。この句を観念と批判する俗物俳人は、魂の作物を生涯得ることができないであろう。下五の「まぶしいぜ」の表現が実に鮮やか。

長谷川眞理子の処女詩集の題名「まぶしいぜ」は、前述の句からきている。今回の三百句の中でも、「まぶしいぜ」は群を抜いている代表句。「眩しい」という形容詞は、この句の場合、まばゆいまでに美しい、ということ。下五が「まぶしいな」でも「まぶしいぞ」でも句意も愛誦性も同じだが、「まぶしいぜ」の使用例は俳句史上、一句もない。この言葉が作者の頭に詩語として浮かぶまでの、並外れた作者の精進を思わずにはいられない。この言語感覚の鋭さと新しさは、長谷川眞理子が天性の詩人であることを、この一句で証明している。そして、一句全体が読者の視野に飛び込み、読者の体内に短時間で吸収されるといった、立ち姿が素晴らしい。上五中七「鯨より鯨の生まる」という、単純な、平凡な措辞は短歌の序句の役割となり、結句の「まぶしいぜ」によって、一瞬の逆転となり、魂の一行詩として結実した。作者は先に「まぶしいぜ」の措辞が頭に浮かび、それに相応しい序句として「鯨より鯨の生まる」を考案したように思われてならない。長谷川眞理子の一代の名吟。

肩胛骨《けんこうこつ》ばさらと鳴りぬ大枯野

同時作に、

やほよろづ神とは大根引きながら

天高し橋水平によがるよよがる

があり、なんとも言葉が自由ではないか。正しく眞理子独自の一行詩の世界。しかし、両句とも「大枯野」には及ばない。「大枯野」の句は、十一月の「河」東京中央支部での特選句。今回の推敲された作品の原形である、次の形として投句された。

大枯野肩胛骨のばさと鳴り

原句は解りやすいが、今回の推敲された一行詩のほうが遥かに良い。つまり、詩的感性が一段と高まり、言葉が緊密になっている。句意は同じである。大枯野の中で、突然、作者の肩胛骨が羽根に変化してバサッと音を立てた、ということ。実はこの句、私自身に起きた最近の変異に似ているのだ。私の神社で、私が「全脳細胞覚醒」を祈願したところ、宇宙の存在に私の祈願が聞き届けられたと確信した瞬間、私は地面に倒れ伏した。その時、私の身体の細胞が変化するという啓示を受けた。翌日から私の身体は寝ているだけで、胸囲が十センチ脹《ふく》れ、全身が筋肉に変化したのである。私の姿を見た周囲の人間から、盛りあがった肩胛骨から羽根が生えるのではないか、と言われたのだ。だから眞理子の「大枯野」の句は、虚でありながら実そのものといってよい。鳥人伝説を現代に復活させた詩的世界である。中七の「ばさらと鳴りぬ」の措辞が見事。

立冬の麒《き》麟《りん》首より燃えはじむ

同時作に、

凍鶴も走る途中の犀《さい》もゐる

十三夜松《たい》明《まつ》と蛇もたせやる

長谷川眞理子の句について私が感じるところは、サルバドル・ダリのシュールな絵を一行詩に仕立てた作品ということだ。それが、他の作家と全く異った光を放っている。彼女の感性は、誰も模倣することのできない世界である。「立冬」の句は、冬夕焼けの動物園。麒麟の長い首は真っ赤な夕日に包まれている。この動物園はうらさびれている。なぜなら、「立冬」という季語から受ける感触は、寒さよりも、うら淋しさの象徴と思えるからである。だが実景としての冬夕焼けに立つ麒麟ととるより、作者の意図するところである、マッチ棒の先の燐が発火するように、麒麟の頭部が燃えている光景を読者は想像してほしい。それも写真の合成ではなく、シュールな絵画として。それが長谷川眞理子の一行詩の世界であるのだから。

啓蟄《けいちつ》や白きご飯の炊《た》き上がる

絵画的でシュールな一行詩の名手である長谷川眞理子にしてこの一句は、素直すぎるほどストレートな叙景詩。「啓蟄」とは、爬虫類や地虫が冬眠から覚めて穴から出てくること。例句としては、

啓蟄の蚯蚓《みみず》の紅のすきとほる　山口青邨

水あふれゐて啓蟄の最上川　森澄雄

啓蟄や指輪廻せば魔女のごと　鍵和田秞子

などがあるが、長谷川眞理子の作品は鍵和田秞子と同様に、「啓蟄」の季語が直接中七下五に意味が繋がらない。「や」という切れ字が、断絶を示している。しかしながら、季語として使用している以上、必ずしも中七下五とが無関係だという訳ではない。啓蟄は陽暦の三月六日ごろなので、冬眠の生き物も、人間も明るい光の中で生命を躍動させている。それが鍵和田秞子の場合、自分の指輪を廻してまるで魔女のようだ、と興じている作品。一方、眞理子の場合は、まっ白なご飯が炊きあがった喜びとなっている。私は生命賛歌を一句に結実させた映像の復元に、気持ちよく共感した。

目《め》借《かり》時《どき》昼の男の通りけり

「目借時」とは、晩春のころの暖かさにしきりに睡気を催すが、それは蛙に目を借りられるためだという俗信からきている。従って例句も滑稽みを帯びている。

目借時ゆふべのままの紙とペン　井上雪

水飲みてすこしさびしき目借時　能村登四郎

煙草吸ふや夜のやはらかき目借時　森澄雄

目借時蒟《こん》蒻《にやく》ちぎる爪をたて　石川桂郎

長谷川眞理子は、前にも書いたが「盆栽俳句」から距離を置いた一行詩人である。「目借時」の句は、具象的に「昼の男の通りけり」と表現しながら抽象的な世界。前に触れた次の句、

写楽絵や皮手袋が濡れてゐる

と同様に油絵で「昼の男」が描かれている。しかし、この「昼の男」はどこが現在地となっているのだろう。「昼の男」には影はあるのだろうか？　漠たる不安を孕《はら》んだ奇妙な写生画。写生でありながら、抽象的な危機感を読者に抱かせる不思議な一行詩。

以上が「河」誌上に掲載した全文に一部追加した批評である。今回の一行詩集『まぶしいぜ』三百句を熟読するうちに、一句一句の批評に間違いないものの、長谷川眞理子の全貌の一部を見ているにすぎないことに気づかされる。勿論、作品は作品でしかないのだが、長谷川眞理子は一行詩を通して何を指向しているのだろう。私はそれを知りたいと思った。平成十二年度の河新人賞受賞作品三十句から、佳吟を取りあげてみる。

満月に頬うたれけりお元日

稚児千人走りてきたる雪解川

白鳥と問へば吹雪く星であり

鶯やわが放《ほう》蕩《とう》の漱《くちすす》ぐ

狂院に双斧《ラブリス》のある晩夏かな

夕焼の少年と蜜透きとほる

海鼠腸《このわた》のあやふきこゑを啜りけり

さらに受賞のことばを引用してみると、

若い頃、私の中で文学と音楽とが激しく葛藤していた。

文学はその生まれる根方においてある種精神のくぐもりや混沌を必須とするものであるように思うが、恐らく根方を同じくしながら音楽のもつ強力なカタルシスが、完膚なきまでにそれらを彼方に攫い深い至上感の中に空無化してしまうからである。

今は文学に向き合い、言葉のもつ繊細な魔性や聖性のしずかな揺曳といったものにあらためて魅了され限りがないのである。

俳句もまたその言葉の深い秘密を私にかいま見せてくれるのであろうか。いうまでもなくそれは私の精進にかなうだけのものしか見せてはくれないであろう。

短い文章の中で、私も得心させる単語が三つあった。一つは音楽である。『まぶしいぜ』の著者略歴に、上野学園大学音楽学部中途退学とあった。そして、音楽と連動することだが精進という言葉である。精進とは、本来、仏教用語で、ひたすら仏道修行に励むことだ。現在では、一所懸命に努力することの意味で用いられるが、普通は文芸に対しては用いられず、武芸、芸能（音楽を含む）に対して使用される。つまり、長谷川眞理子は音楽に対する態度で俳句と向き合っているということだ。更に重要なのは「混沌」というキーワードである。『まぶしいぜ』全体を一つの宇宙と考えるならば、答えは混沌である。音楽と同様に向き合っている俳句とは、長谷川眞理子にとって何であるのか。普通、結社に所属する同人の作品集の跋文を書く場合、そのひととなりを承知した上で作品を解説することになるが、私は個人的に長谷川眞理子を知らないのだ。句会で顔を合わせ、話をするぐらいである。その彼女の作品集を日本一行詩協会のシリーズ第一弾として刊行することになった。よって私の跋文は、純粋に作品と僅かな彼女自身の文章を拠《よ》り所に解説することになる。長谷川眞理子が河新人賞を受賞した平成十二年までの作品から、佳吟を抽出してみることにしよう。

卯月とはひたくれなひの謂ひなりや

梟に生《す》霊《だま》ぬかれし一樹かな

目覚むれば雪眼の貘《ばく》となつてをり

白《しろ》無《む》垢《く》の山羊が不《ふ》貞《て》寝《ね》の卯月かな

鉈あれば馥《ふく》郁《いく》として山櫻

螢火や対岸にわれのやうなもの

柚子ひとつ鞄のなかの明るさよ

懐手濡れずにわたる銀河かな

梅林のさきにあるもの探しゐる

バレンタインデー沖の海豚《いるか》の泳ぎゐる

陽炎を喰ひつくしたる孔雀《くじやく》かな

十六夜の女身に窓の開いてゐる

麦秋の臍すこやかに湯浴みゐる

河作品抄批評の中で取りあげた作品を除外して、これだけの佳吟がある。特に、

懐手濡れずにわたる銀河かな

十六夜の女身に窓の開いてゐる

麦秋の臍すこやかに湯浴みゐる

の三句は秀吟である。これら十三句を眺めてみると、統一された世界観が窺《うかが》える。言葉が極めて緊密であり、音楽が流れている。それもオーケストラのようなクラシック音楽である。全体のテーマは調和である。古代、神の作った世界の調和を知るための学問が天文学、幾何学、数論、音楽であった。本来、音楽とは調和の根本原理そのものを指していて、理論的に調和の真理を研究することが音楽だった。長谷川眞理子の一行詩としての特性は、文学と音楽とを調和させる試みであり、彼女の文章にあるとおりの、文学に内在する混沌の魔性と聖性に沈溺《ちんでき》することだった。

ここでさらに長谷川眞理子の詩《うた》の旅を追ってみることにする。平成十三年から十五年までの、三年間の作品から佳句を拾ってみる。

海鼠突かれて銀漢を吐き出づる

手に摑む何ものもなし木の芽山

そろり天照大神草矢打つ

啓蟄の回転扉の奥の花舗
みづかきの絢《けん》爛《らん》とあり春の泥
原稿の升目の余白夏怒濤
船霊の赤き椿となりにけり
前頭葉づきんづきんと水母浮く
陶《とう》枕《ちん》の夢の中にて燃ゆる魚
はんざきの瑞《みず》々しきは罰しゐむ
蛇穴を出で太陽とまぐはへり
臍の緒を引きずり歩く油照り

貞操や濃く甘く煮て寒の鮒
どんど火の終ひ極星落しけり
二ン月や魴《ほう》鮄《ぼう》ひらり自刃せむ

これら十五句のうち、次の五句が秀吟である。

啓蟄の回転扉の奥の花舗
みづかきの絢爛とあり春の泥
船霊の赤き椿となりにけり
臍の緒を引きずり歩く油照り
二ン月や魴鮄ひらり自刃せむ

平成十七年の「河」六月号に、長谷川眞理子は角川春樹句集『海鼠の日』の鑑賞文を書い

ている。全体の結論として、

春樹主宰の詩性《ポエジー》は、美と悪とが、受難《パッション》と知が同義語である、真のニヒリズムの復権をめざす。

とある。ニヒリズムとは伝統的な既成の秩序や価値を否定し、生存は無意味とする態度。これには、無意味な生存に安住する逃避的な傾向と、既成の文化や制度を破壊しようとする、反抗的な傾向がある。真のニヒリズムとは、アクティヴな後者を指す。長谷川眞理子は「桶狭間と海鼠の練金窟《グロッタ》」と題する『海鼠の日』の鑑賞において、次の私の句を抽《ひ》いて織田信長との生の対比を試みている。

向日葵や信長の首斬り落とす

信長は父を失い、傅《ふ》・平手政秀を失い、次弟信行をはじめ家中のことごとくを敵にまわし、おのれの「生」の核までも失いかけていた、そんな「自分の生の最低点」において、「生」を超えて連続するものの恐るべき法則を見た。これはやがて信長の真の独創となり、狂気となる。

角川春樹主宰の海鼠と化した特異な「生」の凍結《フリーズ》も、「生の最低点」と言ってよく、その非凡な詩性《ポエジー》は密かに未来へと飛翔する。

長谷川眞理子は短い一文の中で、見事なまでに私の特性と指向する思想を解析してみせた。その鑑賞文の一節は、次のように書かれ、私の詩性に触れながら、彼女自身の詩の方向を暗示した。

「詩性《ポエジー》という無限性への意志」は、考えるより遥かに遠いところに、人を導く。のっぴきならぬ統一が、そこにはじまる。

私が静岡刑務所を出所した平成十六年から十九年までの、三年間の長谷川眞理子の詩の軌跡を辿ってみる。河作品抄批評で触れた句は除外する。

出土せる希臘《ギリシア》の壺よ希臘の火よ

天上に水音のある桜かな

白桃を剝けば嘶《いなな》く山河かな

春鹿となりたくて遠目してゐたる
それ以上はくすぐつたいぞ金魚玉
良夜《あたらよ》のミルク暖めゐたりけり
梟のうしろにまはれば雪が降る
鳥辺山一丁目秋の蛇総立ちす
電球に花咲爺のゐる良夜
わたくしの存在理由《レゾンデートル》ふくろふが夢見
家を出る冬の大きな蝸牛《かたつむり》
逃げ水を裏返しては生れ変はり

鰆鰊《さわらにしん》桜鯛つちふまず敏にあれよ

断水のやうにそそるぜ蟻蟻蟻蟻蟻

まむし草太陽ふたつうるさいぞ

平成十九年五月現在までの十五句の秀吟を眺めると、以前に比較して言葉が自由になっていることに気づく。つまり俳句という伝統を踏まえながら、より革新的な一行詩の世界に飛翔している、ということである。長谷川眞理子の目指す詩性《ポエジー》の現在地は、一行詩集『まぶしいぜ』のあとがきに、簡潔に示されている。

伝統ということを思うとき、必ず革新ということを考える。同時に、革新ということを考えるとき、伝統ということを思わずにはいられない。

この二つの概念は、相対しつつ、一つの核心を共有しているように思われる。言うなれば、わたくしたちの五感を満たしながら五感を越えてこちらを見すえている何ものか、高貴でありながら時にすべてを破壊する大きな認識の力、繊細かつ鋭敏な神経そのものというべきものへの絶えざる憧れについて、そのような漠としてとりとめのない回帰にも似た運動性に関らざるをえない宿命について思う。

この見えざるしなやかな運動は、あらゆるものを敏感に収斂し、休むことがない。このような運動に深い敬意をはらうことなしに、創造＝伝統と革新の相克はありえない。そう考えるとき、個人の創意も創造も個人に帰着せず、この厳正・神秘な運動の統べる一つの綾となる外はない。結局、個人は正確には何も知りえず、ある予感において純粋である外はない。

長谷川眞理子が「あとがき」で語っている詩歌についての思考は、正しく絶えず成長し続ける宇宙の運行そのものであり、宗教的な意味にも繋がる宇宙律そのものとも言える。初期において長谷川眞理子を魅了してやまなかった文学の混沌も調和の根本原理である音楽も宇宙意識に収斂し、しかも休むことがない。この絶えざる運動は破壊と創造を繰り返しながら成長を続けてゆく宇宙である。人間に与えられた自由の一つである創造性も、宇宙の創造と連動していると思われる。つまり、完結は宇宙死であり、個人の死であり、絶えず創造し成長し休止することがない。詩歌が永遠の「今」を言い止める文芸であるのは、このためである。かつて長谷川眞理子が獄中句集『海鼠の日』の鑑賞で触れた私の詩性《ポエジー》は、彼女自身の詩の方向性を暗示していると述べた。彼女の「あとがき」は、私の指摘したことを裏付けている。

「詩性《ポエジー》という無限性への意志」は、考えるよりも遥かに遠いところに、人を導く。のっぴきならぬ統一が、そこにはじまる。

亀鳴くやのつぴきならぬ一行詩　角川春樹

芒屋敷の象番――山口奉子論

山口奉子は平成二年に「河」に入会し、平成七年度の河新人賞を受賞している。受賞作品三十句の中で次の四句に感心した。

誰かゐて誰かのゐない半夏生

冷麦の前世の紅き二本かな

団栗に団栗帽子ゆきわたる

芒屋敷招かれて下駄そろへけり

その折の選考経過を抜粋すると、

井桁 山口奉子さんのは、源義先生ならば桂馬飛び俳句と言うでしょう。突然、変なところへパッと駆けだす俳句なんですね。性格的にもどうもそんな感じがいたします（笑）。俳句は非常にしっかりした詠み方をしていると思いました。（略）意外性ということでは河作品の上の方では抜群だなと思っています。〈団栗に団栗帽子ゆきわたる〉はなかなか言えないなと思いました。〈きのふより来てゐる盆の蜻蛉かな〉、少し理屈っぽいけれども〈冷麦の前世の紅き二本かな〉はよく見たなという感じがいたしました。

秋山　〈日輪へ訴へてをり揚雲雀〉、やはり虹雨先生の落し子だなと思います。〈冷麦の前世の紅き二本かな〉〈炎昼のぶつきら棒となりにけり〉〈きのふより来てゐる盆の蜻蛉かな〉〈白地着て少しおどけてゐたりけり〉面白いなと思いました。不思議な句は〈芒屋敷招かれて下駄そろへけり〉、珍しい句だなと思ってね、特別の感触だなと。〈団栗に団栗帽子ゆきわたる〉、感心しました。

佐川　山口奉子さんはやはり独自の感性を持っている人だなと思います。人真似でない新鮮さが感じられます。計算ではなくて、本人が身につけているものかと。虹雨さんに教えられたのだけれど、虹雨さんとはまた違ったものも持っているし、感性、感覚だけじゃない、写実も少し身につけてきつつある。一方で伝統の力というか、こころというか、そういうものを踏まえながら、今後も、努力してほしいと思います。理屈っぽい句が幾つかあるのだけれども、個性的な作品なので、今回は三位に推薦いたしました。〈冷麦の前世の紅き二本かな〉〈白地着て少しおどけてゐたりけり〉は本人じゃないかな。なんとなくおどけているんですね、あの人。〈ふた回り齢のちがふ涼しさよ〉。散文的な句もある。〈神留守の大食漢でありにけり〉、オリジナルな発想の句が多い。今後、写生の力も身につけていけば、期待できる新人じゃないかと思いました。

増成　山口奉子さんの場合は、ほとんど皆さんの意見が出ています。初めから観念の作家ですが、虹雨さんの影響もあるだろうと思います。発想の着想点には抜群のものがあるだろう。やや乱暴な句もけっこうあり、それを言うと切りがなくなるけれども、可能性という点においてはずっとあるなという気がします。面白いと思った句は、〈白桃にためらひ傷のありにけり〉〈冷麦の前世の紅き二本かな〉〈ふた回り齢のちがふ涼しさよ〉他にも面白い句がいっぱいあります。彼女の持っている感性の鋭さ、自分の世界を作り上げていく手法を買いまして、一位に推しました。

福島　山口奉子さんは、ほとんど皆さんおっしゃったとおりだと思います。非常に変わった作家というか、将来楽しみなひとりです。自分をまげないで一生懸命、俳句を作っている。そういう感じがしました。例えば〈日輪に訴へてをり揚雲雀〉も、揚雲雀が鳴いているのを〈日輪に訴へてをり〉と面白い表現をしています。〈狐火の嫡子ばかりを好みけり〉も不思議な句で、私などとても出来ないな。〈木枯やジャングルジムが翔びたがる〉、いかにも彼女らしい野放図なところがあって佳いと思いました。

吉田　山口奉子さんの話が出てましたけど、非常に佳くなっています。最初は虹雨さんの……観念臭があった。理屈っぽいところもあった。最近は非常に佳くなってきた。彼女はそれなりに分かってきたと思う。そうであってはいけない、とね。いま具象的俳句を出している。それで間違いないと思う。

山口奉子の河新人賞の「受賞のことば」を一部引用すると、

木村虹雨先生にすすめられるまま「河」に入会した遠い日がよみがえってきます。先生が彼岸の地にゆかれて、私はウロウロしている蟇のようでした。

とある。河新人賞の選考会では、山口奉子は木村虹雨氏の影響を受けた観念の作家、理屈っぽい作品と評価されている。いったい木村虹雨氏とはどういう俳人なのだろう。

平成三年十一月十六日に六十八歳で逝去した木村虹雨氏は、俳誌「原人」の主宰であり、また俳誌「握手」の同人会長から「河」誌へ参加。平成三年の「原人」十二月号に「秋風冬眠」と題した遺詠が掲載されている。例をあげると、

冬眠にはぐれし蛇に山の昼

ぶらりきていのちあづけて秋の風

次の山眠ると見えて女ごゑ

どの句も、おのが死を見つめた作品。観念的でも、理屈っぽくもない。すでに入退院を繰り返していた平成三年度の「河」作品を眺めてみると、

みなのぞく柩の窓の冬景色

思ひまた草木にかよふ霜のころ

死の淵を見に仕立ておく花筏

惜春といふ来し方の遠眺め

この春の見のこしてきし花あまた

にんげんを続けてをれば雁渡し

等の佳吟があり、木村虹雨氏もまた「いのち」と「たましひ」を詠う詩人であったことが解る。さらに、第二十八回角川俳句賞候補となった「琥珀」五十句を読んでみた。

赤のまま短き箸を洗ひけり

竹馬の上より朱き鳥さがす

酔芙蓉耳をあつしと思ひけり

発心のときを琥珀に冬の鯉

鱧食ふてあひるの列のあとにつく

手枕や榧の木山に月さして

があり、例としてあげた句はいずれも佳吟。河新人賞の選者たちの木村虹雨氏に対する「観念的」「理屈っぽい」の批判は、全く当を得ていない。というより、木村虹雨氏の作品を誰も読んでいない、というのが正直な感想である。

山口奉子は平成十七年度、私が主宰となった選考会で河賞を受賞した。選考経過では、ほとんど作品に触れていない。少し引用すると、

主宰　面白いと思ったのは二人、山口奉子と滝口美智子だったんです。二人とも、いわゆる河調ではない俳句なんだけれど、それがとても魅力的だったんですよ。（略）

福島　山口奉子さんとは、昔、東京例会でケンカしました。「お前のは観念的だ！」「私は観念でいいんです！」とやり合った仲ですが、ずいぶん彼女、勉強していると思うんです。

（略）

辺見　私は山口奉子さんという人の句を今回初めて読んだんですね。あ、面白いなと。女性にしては太腹なところがあるんですよ。「錆鮎やからだのどこも雨の音」。これ、男の句ですよね。「七夕や太平洋に椅子を向け」だってそうですよ。「人工の渚に春を惜しみけり」、「人工の渚」を持ってきたところが面白い。

山口奉子の河賞の「受賞のことば」を一部抜粋すると、

　文芸にこころを寄せていた十代のころを思えば、この頃はなんと素直に言葉を紡いでいるのだろうと思うことしきりです。
　ですが、座の文芸として俳句に平安を与えられている今、自分がバランスよく生きているのではないかという気がいたします。俳句にめぐり合わなかったら、その飢餓感から家族や周囲に憂鬱菌をばらまいていたのではと想像するだに恐ろしい。やはり俳句は目出度いものに違いありません。

山口奉子にとって、俳句とは目出度いものであり、心の平安を与えてくれるものだと言う。

確かにそのとおりだが、しかしそれだけでは、趣味の範疇に止まることになる。俳句極楽と言ったのは遠藤悟逸だが、私としては、作者と読者の心が共振れを起す切実な一行詩を求めたい。その切実さの中にユーモアがあれば、読者の心を打つに違いない。平成七年「河」七月号に「童心への回帰」という題で増成栗人氏が山口奉子論を掲載しているので、参照する。

山口奉子さんは童心を失わぬ作家である。年齢とともに表現は違ってきても、一句の構成に経験が積み重なってきても、その根幹となる発想の自在さ、天衣無縫さは、作者が知らぬうちに醸し出される童心への回帰だと、私は受け止めている。

ふたこゑをかけたる山の笑ひけり

今年竹泣く泣く家を出でしかな

誰かゐて誰かのゐない半夏生

盆前の鶏が畳を歩きけり

昨年度角川春樹賞の入選作「昭和」よりの抜粋である。この一連の作品は、まさにその童心の転化に他ならない。回顧的な素材を童心と言っているのではない。対象から作者が享受する受け取り方、切り取り方が羽　くように、作者の、そして読者の童心をくすぐってくる。子供は大人よりも空も大きいし、地面にも近い。それだけに物がよく見え、素朴な創造も広がる。そんな無邪気さの余韻を、いま私は奉子俳句に見続けている。（略）
もともとの作品は、写生というより感性を駆使した感懐性の強い作家であった。ここには虹雨氏の俳人としての生きざまが、奉子なりの理解を伴って色濃く打ち出されている。対象を自らの思いの中で一旦は処理し、自分自身の風景として再びイメージを復元させながら、感懐を十七音に託し続けた虹雨氏。まだそこまでは至らぬものの奉子俳句には、この自らの風景への憧憬が美的感覚の中で、一句一句に奔るように表現されている。平成四年、その虹雨氏が逝った。（略）

鵙高音地球を少し憂ひけり

羊水にゐるかたちして冬至風呂

満開のさくらの裏をゆきにけり

平成五年度の作。千葉支部の指導者は田中風木氏に変った。虹雨氏の影響下にありながらも、風木氏は写実の中に自らの感懐をさりげなく落とし込む作家である。柔らかく表現された詩情に、穏やかなぬくもりを覚える風木作品は、あるいは奉子俳句と異質のものであったかもしれぬ。しかし奉子は、この風木氏の確かな写実の姿勢を貪欲なまでに己が作品に取り込んでゆく。（略）市川句会で私は、その奉子に俳句の普遍性と、対象から得た残像を一句に定着させることを説き続けた。ともすれば己が感覚に頼り、独りよがりの作品に傾く姿勢、膨らみゆく己がイメージの中で作者が遊離してゆく空想化への危惧を恐れたからである。今回掲出した作品には、その危惧は無縁であるかもしれぬ。しかし句会での作品には、思い切った童心への回帰が、不明確な童心の空想を描いていた句も決して少なくはない。この年、奉子は、「唐櫃」三十句をもって角川春樹賞に入選を果たした。その選考会の席上、私は「言葉と作者の感覚を、言葉の駆使力でどう持ってゆけるかが課題」と、疑問符を投げかけている。（略）

木枯やジャングルジムが翔びたがる

ソクラテス二日の夢を痩せてをり

藪椿紅がどきどきしてをりぬ

ここには明らかに奉子の持つ童心への回帰がある。その回帰が童心のままで終るか、自らの齢に適応した回帰へと昇華するか、自らが自らに問いかけ続ける限り、奉子俳句に新しい切り口は拓かれてゆくはずである。（略）

稿を継ぐ私の視線の先に、いくつかの雲の峰が広がる。碧天へ立ちのぼるこの大きな雲の姿に、一日として、一つとして同じ形はない。臆せずに物を言い、臆せずに自らの感懐を十七音に打ち出し続ける山口奉子さん。その輝きを、私はいま峰雲の光芒の中で思い描いている。

「山口奉子論」という副題がついた増成栗人氏の「童心への回帰」という、言葉を飾ったつもりの内容空疎な一文は、とても論というには恥ずかしい駄文である。いかにも「盆栽俳句」の実践者らしい戯言《たわごと》だ。主旨は、山口奉子が童心を失わない作家であるが、写生というより感性を駆使した感懐性の強い作家であるという批判。さらに、己が感覚に頼り、独りよがりの作品に傾く姿勢、膨らみゆく己がイメージの中で作者が遊離してゆく空想化への危惧である。私は今、剣をもって日本一の武道家を志し、事実、現段階でも私に対抗できる武道家は存在しない。私の武道に師が存在しないように、宗教においても、一行詩の世界にも師は存在しない。私の師は人間ではない。そして武道においても、宗教でも、一行詩の世界でも、中心をなすのは次の二つである。

一、イメージの力。

二、感性の力。

これしかないのだ。一行詩ばかりでなく武道においても、この二つしか武器は存在しないのだ。それ故に、増成栗人氏の論法は詩とは正反対の幼稚な位置にある。彼の批判こそ、一行詩の根本原理という皮肉である。イメージと感性を磨くことこそ詩人としての練磨なのだ。あとは蛇足である。ということは、イメージと感性を否定する俳人は詩人ではない。実はもう一つ大事な要素がある。それは武道にも宗教にも共通したことだが、自然体であることだ。私は「生涯不良」を座右の銘にしているが、それは何ものにも束縛されず精神も心も自由であることだ。自由な魂で自由な言葉で、自分の「いのち」と「たましひ」を乗せて詠うことだ。おのれの「いのち」を運ぶ器として「魂の一行詩」は存在する。それが自然体ということだ。

それでは、どのようにしてイメージと感性を磨く方法論があるのか。例えば、俳句以外の文芸を熟読玩味すること。音楽を含めた芸能に耽溺《たんでき》すること。宗教・武道を含めた日本文化に対して激的に没入することだ。藤原正彦が『国家の品格』の中で、神道と俳句を日本文化の根幹と見做《みな》したが、もう一つある。それは剣を基本とした武道もまた大きな日本文化なのである。日本詩歌の伝統という見地に立てば、芭蕉をもって古典と考えるのは、そうとう浅はかだ。俳人の多くは、これをもって足れりとしている。増成氏を始めとする俳人と自称する輩は、「写生」ということを金科玉条にしているが、正岡子規以来の「俳句」という呪縛にかかっているにすぎない。近代西洋美術の写生論を子規が導入した幼稚な方法論にすぎない。絵画におけるデッサンが「写生」である。デッサンという絵画の基本は、その上に画家の自由なイマジネーションで色彩を足してゆく。特に油絵の場合、デッサンをどれだけデフォルメするかが、画家の技量ということになる。写生とはその程度のことなのだ。イメージと感性は、そのデッサンに色彩を乗せていくことだ。
もう一つ増成栗人氏が主張する論とも言えない山口奉子論の「童心への回帰」ということについて言えば、これまたあまりにも幼稚な主張に反論する気にもなれない。ここで論点をもう一度再録する。

対象から作者が享受する受け取り方、切り取り方が羽搏くように、作者の、そして読者の童心をくすぐってくる。

「河」八月号に、滝平いわみが「翼ある船」という題で、山口奉子論を掲載しているので、一部を再録する。

誰かゐて誰かのゐない半夏生

冷麦の前世の紅き二本かな

白桃にためらひ傷のありにけり

芒屋敷招かれて下駄そろへけり

狐火の嫡子ばかりを好みけり

いささか旧聞に属するが、掲句は、平成七年度のご受賞句の中から抽いたものである。五句共に、妖しさ、漠然とした不安などが、内容、季語共に所を得て、特に好きな句群である。

滝平いわみの「翼ある船」は、山口奉子論というよりも、山口奉子と作品に対する個人的な感想である。一方、増成栗人氏の「童心への回帰」は、古典を知らない駄文である。河新人賞の受賞作は、「今昔物語」や「源氏物語」の古典をベースとして、現代詩に転化した作品群なのだ。勿論、それだけではないが、古代の闇を現代の闇に引き寄せた作品群が滝平いわみがあげた掲句になっている。例えば、「芒屋敷」「狐火」「半夏生」は陰陽《おんみょう》道の世界を現代詩に転化させた作品である。「冷麦」の句は、それをユーモアに転換させた作品。「白桃」の句も、中七の「ためらひ傷」は江戸の噺本をベースとして笑いに転化させた作品。増成栗人氏が主張する「童心への回帰」など、私は腹をかかえて笑ってしまった。無知蒙昧とは彼のことだ。駄文は書かないほうが身のためだ。

次に、平成十七年度の河賞受賞作品「ハンサム」三十句を眺めてみることにする。

ぽつぺんを吹いてあやしく齢をとる

春泥のまん中がまだやはらかき

人工の渚に春を惜しみけり

ハンサムな鴉が歩くみどりの日

炎天のかちかち山を下りてくる

錆鮎やからだのどこも雨の音

ひたぶるに鈍《のろ》なり冬至南瓜煮て

特に「春惜しむ」「冬至南瓜」の二句は秀吟である。また平成七年度の河新人賞受賞の作品が、古典をベースにした闇の世界や繊細な近代意識の危機感を描いた作品だったことから、一歩積極的に足を踏みだした明るさに転換しているのが特徴だ。それは「受賞のことば」に適確に現れている。

座の文芸としての俳句に平安を与えられている今、自分がバランスよく生きているのではないかという気がいたします。（略）やはり俳句は目出度いものに違いありません。

ここで、私が「河」の作品抄批評を書くようになってからの、山口奉子の作品に触れてみよう。

鳴くための蚯蚓《みみず》の全長ちぢみけり

同時作に、

蟻の曳くまだ骸《むくろ》とは言へぬもの

長き夜の東京駅で待ち合はす

本年度の河賞受賞作家の見事な作品が並んでいる。作者の性格は、男子なら「竹を割ったような人物」と評されるところだが、残念ながら作者は女性。物ごとに拘泥《こうでい》しない大らかな女性ということにしておこう。詩人であり文芸評論家の吉本隆明氏が私と私の俳句を評して、「作者は竹を割ったような性格。そのことが作品にプラスにもマイナスにも響いている」と一般紙に「現代の俳句・短歌」の連載として書かれてあったのを、入所中に読んで苦笑したことがある。
さて、前記の三句は素晴らしい出来だが、作者は蚯蚓が自信作らしく、「河」十二月号の作品六句に「ちぢむ」の題をつけている。しかし「長き夜」なども単純な句ではない。これはこれで充分に一行詩としての力を持っている。シンプルな私の一行詩で、

長き橋歩いて渡る秋の暮

があるが、「長き夜」の句は、句会向きの作品ではなく、一冊の本になった時に評される一行詩なのだ。「蚯蚓」の句に戻ると、作者は蚯蚓が全長を伸ばして鳴くのではなく、鳴くために全長をちぢめていた、という表現に自信をもっているらしい。まさしく「全長を伸ばしけり」より「全長ちぢみけり」のほうが遥かによい。このことによって、蚯蚓の作品は一行詩になったが、作者の意図とは別に、

長き夜の東京駅で待ち合はす

は、この原稿を書いている最中も「蚯蚓」の句よりも惹《ひ》かれ続けていると告白しておこう。

雪降るやガラスを隔て魚の腹

昨年度の河賞を、大森健司と共に受賞した、山口奉子の作品群は、いわゆる「俳句的な俳句」ではなく、一行詩の世界。

挽歌低く蛾のしんしんと赫き目よ

長き夜の東京駅で待ち合はす

鳴くための蚯蚓《みみず》の全長ちぢみけり

絶景の会長室のいぼむしり

眷《けん》族《ぞく》をときどき殺し大花野

読者はこれら一連の作品を眺めて、山口奉子が俳人でなく詩人であることに同意されるであろう。特に「長き夜」の句は、材料を並べることなく、それでいて深い句境に感銘を覚える。詩歌の世界でいう「無内容」の良さが成功した佳品。しかし、このような作品が絶えず生まれるわけではない。

「雪降る」の句は、ガラスを隔ててむざと裂かれた魚の腹を抽出したことによって成功を収めた。裂かれた腹の魚の種類は、具体的に触れていないが、小魚ではなく大魚。外は音もなく雪が降りしきっている。街の魚屋なのか、築地のような魚河岸なのか定かではないが、私のイメージは街の魚屋の師走の風景。そのほうがいっそう無残な映像が浮かび上がってくるからだ。新年の予祝としての雪が効果をあげている。山口奉子の選評を書いていると、彼女の詩に触発されて一句が浮かび上がった。

降る雪や人魚の腹の裂かれゐる　角川春樹

花冷の舌で虫歯を探しけり

奉子の「花冷」の句を眺めていたら、突然、橋閒石の次の句を思い浮かべた。

耳垢《みみあか》も目刺《めざ》しのわたも花明り

閒石の作品は、みみっちい景物を二つ並べて「花明り」という「晴」の世界を演出してみせた。

私はさらに、斎藤茂吉の次の一首を記憶の抽斗《ひきだし》から取り出した。

むしばみてわが歯なやみし日ごろより日に日に秋は深くなりつも

茂吉の独擅場《どくせんじょう》ともいうべきこの大らかなユーモア。しかも日常の些事《さじ》に深い感情を託した私の好きな作品。

奉子の作品は、橋閒石の「花明り」に近い。虫歯を舌で探すという行為自体、私にもあるし、読者にもあろう。しかし、「花冷」という季語をもってくるあたりが、山口奉子の世界であり、個性なのだ。思わず、作者の風貌を彷彿させた作品。

遅き日の釣つては逃がす遊びかな

同時作の次の句も良い。

鞦韆《しゅうせん》や一湾は海充たしをり

「遅き日」の句は、四月の「河」の東京例会で特選に取った。

山口奉子の「遅き日」の句は、中七下五の「釣つては逃がす遊びかな」によって季語の本意本情を詠ったもの。私は市ヶ谷に住んでいるが、駅に隣接して釣り堀があり、平日でも定年をすでに迎えた老人が一日中釣りをしている。勿論、遅き日に登場する老人が釣り堀にいるとは限らず、川か海かもしれないが、釣っては逃がす行為は、傍からみると無為に近い。しかし、無為に近い行為も当事者にとっては意味のある遊びなのだ。例えば、俳句を詠むという行為にしても、当事者以外にはその喜びも楽しみも理解できないであろう。「魂の一行詩」といえども、つまるところ「遊び」でしかない。しかし、遊びを切り捨てた俳句はつまらなくなってしまった。

奉子の句は「釣つては逃がす遊び」が遅日全体の風情《ふぜい》を醸し出している。季語の恩寵がもたらした佳吟。

立泳ぎの父を遠目にしてゐたる

同時作に、

裏に棲む蛇がくつくつ笑ひけり

にんげんをやめてプールを折り返す

「蛇」の句は、六月の東京例会で特選、「プール」のほうは、秀逸に取った。「プール」の句は、人間が人間以上の力で、例えば魚となって泳いでいる景。くつくつ笑う蛇は、シュールに詠った一行詩。両句とも、それなりの魅力もあるが、「立泳ぎの父を」遠くから眺めている、という日常性には及ばない。この句は、ぐんぐん人を惹きつける力を持っている。これが俳句的な表現である「遠目癖」としたら、台無しになる。父との距離は、実際の空間でありながら、さらに心理的な距離感が内在している。奉子の作品としては、次の句以来の成功作。

長き夜の東京駅で待ち合はす

秋はひとり軀をカプセルに押し込める

同時作に、

あれは船だ大きな船だ草の絮《わた》

があり、十月の東京例会の特選句。しかし、「秋はひとり」のほうが遥かに面白い。このカプセルとは宇宙を彷徨する孤独な乗り物と考えたい。勿論、この句、都会のサラリーマンがひとりカプセルホテルに泊っている図と考えるほうが正解であろう。それは、それで面白いのだが、どうしてもスタンリー・キューブリック監督の「二〇〇一年宇宙の旅」が頭を占めるからである。下五の「押し込める」とあれば、ますますカプセルホテルめいてくるが、宇宙飛行士がカプセルに軀を押し込んでいると想像すると、やはり宇宙の旅と現代の孤独がダブルイメージとなってくるからである。

私は三歳の時、練馬区の小竹町の実家のベランダで、不思議な飛行物体を目撃した。さまざまな形体を持つ飛行物体は西の空から東へ音もなく移動して行く。その時、突然、青年である私がカプセル型のロケットで宇宙を彷徨する映像《ヴイジヨン》が眼《まなこ》いっぱいに飛び込んできた。私は三歳の幼時に関らず寂寥感に魘《おそ》われたのである。この出来事は幻想ではなく、事実である。山口奉子の一句は、その時の強烈な恐怖を蘇らせた。

同時作に、

赤い実に水銀の夜が明けてゆく

まあ上がれいま新米の炊きあがる

母そはの家系の出つ歯小鳥来る

いま売り出し中の俳優の松山ケンイチが、私を評して、

「角川さんは表現者であり、プロデューサーですが、何よりも凄いのは、言葉が自由です。角川さんに勝てる人は、多分、いないと思います」

「言葉が自由」であることは、魂の一行詩にとって、最も大事なことである。

何故、俳句的な言い回しを使うのか？　何故、もっと自分の言葉を使わないのか？　何故、俳句的な制約に自分を縛っているのか？　何故、もっと自分を解放しないのか？　私には不思議でならない。奉子の「新米」も「小鳥来る」の句も、なんと自由な言葉だろう。「赤い実」の句は、厳密に言って季感はあるが、季語はない。季語がなかったとしても、いいではないか。九十パーセントの「魂の一行詩」は、明らかに季語があったほうが作品として上出来だが、季語は使うのであって、縛られたのでは詩人ではない。「赤い実」には充分な季感がある。読者がいかなる「赤い実」を想像するかにかかっている。そして、中七の「水銀の夜」が素晴らしい。充分に都会の霧の夜を象徴しているではないか。この一行詩が理解できないようでは、一生、詩とは無縁である。

初夢は任天堂のゲームのなか

同時作に、

紐あると首吊る鬼がゐて木枯

冬の家麻酔に落ちてゆくごとし

北風よ汚なきものは置いてゆけよ

革ジャンが店の名前を探しをる

があり、特に「北風よ」が面白い。だが、面白さという点では「初夢」の句のほうがさらに面白い。初夢の例句としては、

初夢の唯空白を存したり　高浜虚子

手応へのなき初夢でありにけり　能村登四郎

初夢のなかをわが身の遍路行　飯田龍太

初夢の勃起しばらくつづきをり　本宮哲郎

などがあり、特に本宮哲郎の句が面白い。しかし、山口奉子の句はまったく類想がなく、任天堂のゲームのなかに自分がいるというのは、現代的であると同時に、近未来のSFに近い。ゲームの中のコマンダーが自分であるという着想は、サイバーバンクの手法で、映画でいえば、「トロン」「マトリックス」の世界。任天堂のゲームの中でも、句会の投句で選句された時に発する、例の可愛い声（見方によっては、すっとんきょうな声）で、「奉子でーす」と叫んでいるに違いない。

山口奉子の一行詩集『何か言ったか』は、平成二年「河」入会より平成十九年までの作品三百句から成る。編年体ではなく、春夏秋冬新年の季節ごとから成っているので、彼女の一行詩に対する変遷を辿ることはできない。明らかに意識の変化があるのだが、全体像を眺める限り、奉子の感性は初期より現在まで少しも衰えていないし、ここ二年の私が「河」の選句と批評を担当してからの作品は、それ以前と比較すると格段にレヴェルが上がっている。

詩集の題名は次の一句から成っている。

何か言ったか死に際の油蟬

「油蟬」は人間の象徴であるが、この句の場合、文字どおり油蟬と受け取ったほうが面白い。油蟬の辞世の言葉を想像する作者の人柄から来るユーモアが、一行詩として成功を収めた。詩集全体の三百句の中から、佳吟、秀吟、代表句と三ブロックに分けてみることにする。それによって、山口奉子という詩人の個性も特徴も明確になり、結論を導くことができるからである。

一行詩集『何か言ったか』の佳吟は次のとおりである。

二階より梅の火宅を見てをりぬ

東京の花びらどこにでも溜る

春泥のまん中がまだやはらかき

藪椿紅がどきどきしてをりぬ

桃の花さびしい電車が地下を出る

蛤つゆのうすき濁りも女系かな
椿咲くと亡命の黒鍵が船出
白椿死臭ただやうてはゐぬか
啓蟄のあんな目をして石の上
ハンサムな鴉が歩くみどりの日
裏に棲む蛇がくつくつ笑ひけり
向かうから憂鬱な蟻がやつてくる
のめのめと夏掛布団の端にをる
ゆつくりと潰れる砂糖壺の蟻

夏葱の終りは水となりにけり

日に三度ご飯を食べて汗をかく

草泉低きところを溢れけり

絶景の会長室のいぼむしり

ひとり沖を泳げり背中とがらせて

まん中の乱れてをりし夏野かな

あさがほに空より電話ありにけり

桐咲くや子どもの足りぬ浦祭

まだ竹と言へぬ筍とも言へぬ

群れてゐる馬のしづけさ夏木立
火蛾じつと命を量りまた狂ふ
歩きだすあら六月のナフタリン
雨降つて浜昼顔がセンセーショナル
虎魚《おこぜ》せせり一緒に死んで呉れないか
炎天のかちかち山を下りてくる
鉄線や教祖の足が汚なくて
虹消えて吾が小さく歩きだす
ふた回り齢のちがふ涼しさよ

夜は死んで昼は海月を飼ふ遊び

十一月のフランスパンの焼きたてです

椋鳥《むく》渡りけり新宿はクリスタル

鈴懸の実よシャガールにいつも夜

母そはの家系の出つ歯小鳥来る

七夕や太平洋に椅子を向け

パティシィエの色白未婚きりぎりす

だるまさんがころんだ誰もゐない秋

あれは船だ大きな船だ草の絮

まあ上がれいま新米が炊きあがる

宵闇は姉のかたちをしてをりぬ

わだなかに洋燈《ランプ》の点る終戦日

美は乱調にあり背高泡立草

月島の馬穴を鳴らす野分かな

鶏頭や禁欲的なマッチ棒

すすきみみづく茶碗のやうな祖母がゐる

太陽の巨大フレアー自愛の秋

天の川にアルミの梯子掛けてある

黄落や水底に夜の兆したる

父はふと知らぬ老人女郎花

地下足袋の自然薯掘の金歯かな

鵙高音地球を少し憂ひけり

炊きたての飯粒が立ち猟期来る

をみならは時限爆弾竜の玉

ひたぶるに鈍《のろ》なり冬至南瓜煮て

氷る夜の石に名を付け遊びけり

宦官《かんがん》のやうなくちなは寝に付けり

雪のやうに蕪を煮たりひとりのため

お便所で歌つてをりぬクリスマス

笹鳴きや朝な朝なの卵焼き

いちじく浣腸あり長火鉢の小抽斗

コインロッカーにコインが落ちる憂国忌

辻斬りを見てきたやうな悴け猫

宇宙より電波溢るる冬菫

がしがしとラジオ体操開戦日

極楽とんぼ一匹飼つて冬に入る

羊水にゐるかたちして冬至風呂

木枯やジャングルジムが翔びたがる

北風よ汚なきものは置いてゆけよ

紐あると首吊る鬼がゐて木枯

厠神ゐしころの陰初明り

ありがたきごまめとヨハンシュトラウス

初夢は任天堂のゲームのなか

佳吟はなんと七十五句あった。私は五千冊以上の句集を読んできたが、こんなに佳吟の多い句集に出逢ったことはない。平成七年度の河新人賞の選考会で全員が木村虹雨氏の影響を口にしたが、彼の句集『山背』『象の齢』を読んでもそれは当らない。むしろ、飯島晴子の影響のほうが強く感じられた。また、平成十七年度の河賞受賞の折の滝平いわみの山口奉子論の中で、「総じて奉子さんには、女性特有の身辺詠があまり見当らない」とあったが、山口奉子には身辺詠、特に人間諷詠に佳吟がある。飯島晴子との比較で言えば、山口奉子の人柄から来るユーモアが晴子にはない。また形容詞である「のやうな」の表現がかなり多いが、しかし、その譬えがほど良く効果をあげている。次に秀吟の句を上げる。

花冷の舌で虫歯を探しけり

遅き日の釣つては逃がす遊びかな

しやぼん玉少女ひとりを梱包す

累々と湖底の椿火を焚けり

たんぽぽの黄色い時間靴が鳴る

夜店の灯少女は影を売り尽す

誰かゐて誰かのゐない半夏生

何か言ったか死に際の油蟬

錆鮎やからだのどこも雨の音

鳴くための蚯蚓《みみず》の全長ちぢみけり

赤い実に水銀の夜が明けてゆく

原爆の日の赤い花白い花

団栗に団栗帽子ゆきわたる

白桃にためらひ傷のありにけり

夜を飛んでぐつしよりと濡れ曼珠沙華

秋風や犬のふぐりが濡れてをり

コインシャワーの小部屋が並ぶ十三夜

雪しんしんガラスを隔て魚の腹

終電の霜夜の光る魚であり

くもりガラス箱根は雪と思ひけり

ぽつぺんを吹いてあやしく齢をとる

コンビニに癒されにゆく四日かな

秀吟の句も、二十二句あった。一冊の句集に秀吟が十句あれば、それは上等の句集の部類に入る。平成七年度の河新人賞選考会で山口奉子に対する批判は、「観念的」「理屈っぽい」のこの二点だったが、批判的な表現として使われる観念的、理屈っぽいという句は存在しない。秀吟二十二句を眺めて感じるのは、イメージの豊かさと感性が鋭敏であるということ。所謂《いわゆる》「俳句的な俳句」「盆栽俳句」とは、全く正反対の位置に立つ一行詩人であるということだ。「俳句は自然諷詠、川柳は人間諷詠」と言ったのは、川柳作家の時実新子である。山口奉子について言えば、自然諷詠がほとんどなく、人間諷詠を得意とするユニークな一行詩人、というのが彼女の立ち位置である。次に一行詩集『何か言ったか』の、あるいは本人の代表句となる作品を追ってみる。

人工の渚に春を惜しみけり

立泳ぎの父を遠目にしてゐたる

冷麦の前世の紅き二本かな

秋はひとり軀をカプセルに押し込める

芒屋敷招かれて下駄そろへけり

長き夜の東京駅で待ち合はす

猪除《しし》けの弱電流を跨ぎけり

代表句が七句もあるのには驚いたが、何よりもこの七句は、ニュアンスがそれぞれ違っていることだ。あたかも七人の詩人が『何か言ったか』の中に存在するかのようだ。感性の鋭い句もあれば、都会人のペーソスを詠った句、父と子の距離感の諷詠もあれば、澄んだ水のような一行詩もある。私は武道や宗教、そして一行詩の武器について語った。繰り返すと、

一、イメージの力。

二、感性の力。

そして、何よりも重要視したのは、

三、自然体であること。

自然体とは、心や精神が自由であること。言葉が自由であること。一行詩集『何か言ったか』の代表句七作品を眺めれば眺めるほど、結論として、山口奉子は自由な心で自由な言葉で詩を詠んでいる、という一点である。そして、奉子は詩に対して純粋である。

芒屋敷の象番は何か言ったか　角川春樹

あとがき

角川春樹

魂の一行詩「河」七月号で、幹部同人の淵脇護氏が堀本裕樹論「その雄心と若きロマン」の中で、次の重要な発言をしている。

象徴性を持つ作品群も多出している。筆者（淵脇護）は、魂の一行詩はやがて象徴的詩歌の世界へたどり着くのではないかと予測する。

淵脇護氏の、この透徹した慧眼に舌を捲いた。正に、その通りである。ランボーを先駆とし、マラルメを中心として十九世紀末にフランスで興った象徴詩の世界である。絵画で言えば、具象から抽象へ進化してゆく。写実とは具象であり、デッサンである。それだけでは、詩歌は写真にも、絵画にも、映画にも、音楽にも、小説にも劣ることになる。魂の一行詩が他の芸術を越える方法論としては、言葉を徹底的に追求した象徴詩の世界に行き着くしかないのだ。高浜虚子の説く客観写生は偽善である。高浜虚子の次の代表句が示しているではないか。

去年今年《こぞことし》貫く棒の如きもの　高浜虚子

貫く棒は、過去・現在・未来の時間軸を一本の棒に見たてた象徴である。そこに作者の自己投影が強く打ち出されている。この句のどこに写実があるのか。具象があるのか。この句の偉大さは、具象を抽象に昇華させたことであり、象徴詩としての見事さにあるのだ。

次の私の句は、過日、「河」の句会で投句したが、並選が一点入っただけであった。

コインロッカーに夜が来てゐる終戦日　角川春樹

コインロッカーの中の闇は、現代の虚無の象徴である。そこには、水子も覚醒剤もピストルも隠されている。そして、終戦日の夜、ロッカーの闇が外の闇と同化してゆく。

今、私が目指す「魂の一行詩」とは、澄んだ水のような一行詩と共に、右の句のような象徴詩の世界である。それはかつて俳壇が唱えた「乾いた抒情詩」の世界と言うこともできる。無機質で、金属的な現代に対する詩の創造である。

ライターのなかなかつかぬ原爆忌　角川春樹

叛逆《はんぎゃく》の十七文字《じゅうななもじ》――魂《たましい》の一行詩《いちぎょうし》

著者
角川春樹《かどかわはるき》
発行者
小田久郎
発行所
株式会社思潮社
〒一六二―〇八四二　東京都新宿区市谷砂土原町三―十五
電話〇三―三二六七―八一五三（営業）・八一四一（編集）
FAX〇三―三二六七―八一四二　振替　〇〇一八〇―四―八一二一
印刷
三報社印刷株式会社
製本
株式会社川島製本所
発行日
二〇〇七年十月一日